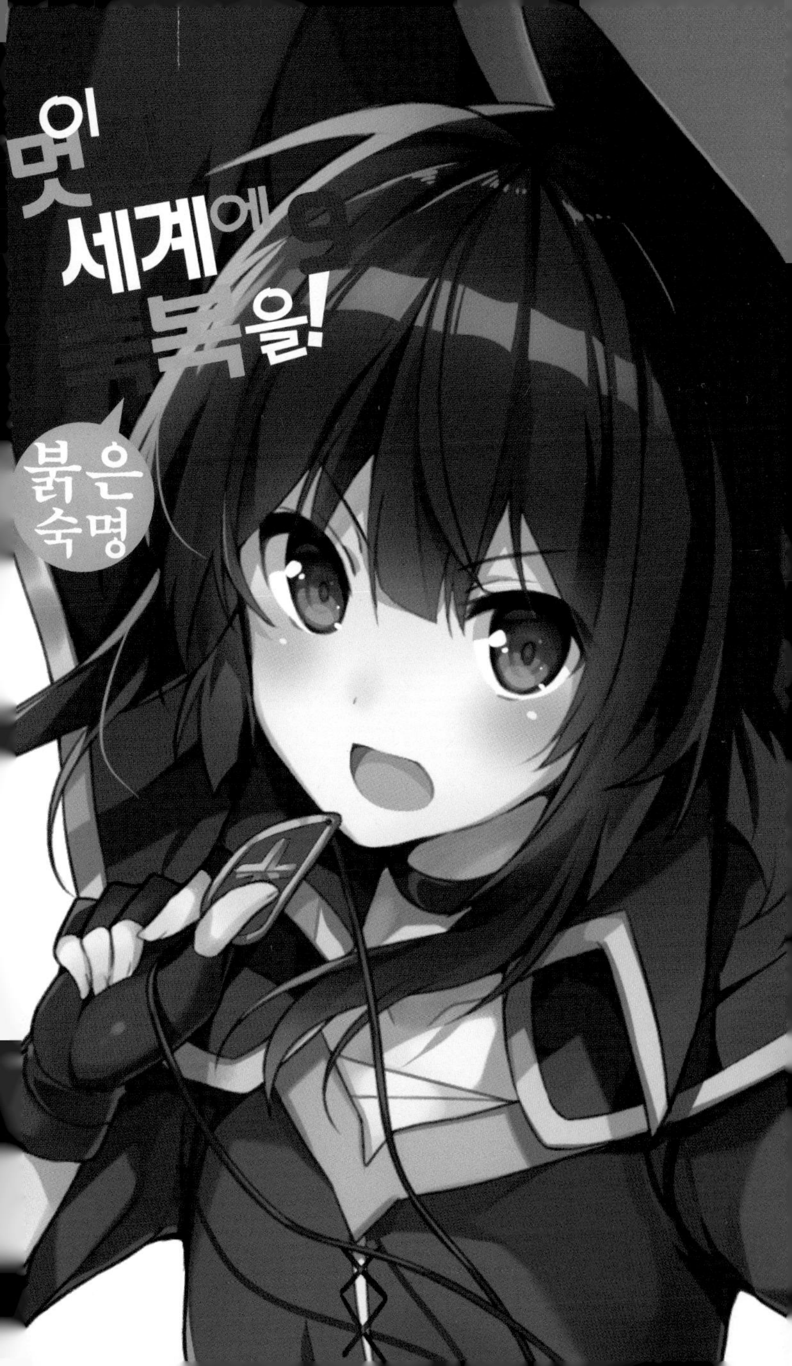

이 멋
세계에
복을!
붉은 숙명

"기억 안 나."

월버그

"저를 기억하나요?
저는…… 메구밍이라고 해요…….”

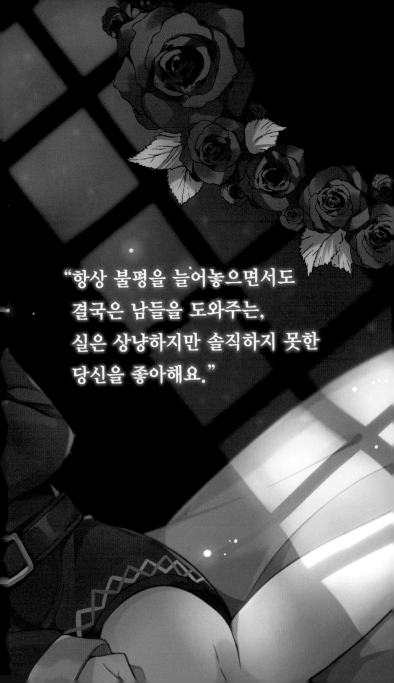

"항상 불평을 늘어놓으면서도
결국은 남들을 도와주는,
실은 상냥하지만 솔직하지 못한
당신을 좋아해요."

이 멋진 세계에 축복을!

CONTENTS

붉은 숙명

붉은 숙명

이 멋진 세계에 축복을! 9

아카츠키 나츠메 지음
미시마 쿠로네 일러스트
이승원 옮김

Character

아쿠아

직업 - 아크 프리스트

그 누구도 제어할 수 없는 물의 여신. 특기는 연회용 장기자랑.

카즈마

직업 - 모험가

백수 기질이 있는 주인공. 행운 수치 하나만 비정상으로 높다.

다크니스

직업 - 크루세이더

방어 전문 마조히스트 여기사. 실은 귀족 가문 아가씨.

메구밍

직업 - 아크 위저드

홍마족 제일의 천재. 폭렬마법 이외에는 전혀 흥미가 없다.

촘스케

메구밍의 사역마인 검은 고양이.

젤 킹

아쿠아의 애완동물인 병아리.

윤윤

자칭 메구밍의 라이벌.

프롤로그

"『익스플로전』————!!!!!!"

뱃속까지 뒤흔드는 듯한 굉음이 들려오더니 모든 것을 유린하는 폭풍이 휘몰아쳤다.

액셀 마을에서 약간 떨어진 곳에 있는 평원에 엄청난 크기의 구덩이가 만들어졌다.

아무래도 토목 작업 하는 아저씨들의 일거리가 생긴 것 같았다.

메구밍이 풀썩 쓰러지더니 고개만 돌려 나를 올려다보면서 물었다.

"이번에는 몇 점인가요?"

나는 얼마 전에 메구밍에게서 폭렬 소믈리에라는 칭호를 받았기에, 허술한 평가를 내릴 수 없었다.

"—흠, 파괴력만 본다면 90점이야. 하지만 방금 일어난 폭풍에는 평소만큼의 열기가 어려 있지 않았어. 더운 여름 날씨를 고려해 일부러 열에너지를 억누른 거지?"

내가 질문을 던지자 메구밍은 입가에 미소를 머금었다.

"맞아요. 무턱대고 위력만 상승시키는 것도 좀 그렇다는 생각이 들었거든요. 오늘은 폭렬마법으로 시원한 바람을 연출해봤죠. 어떤가요? 뜨겁고 습한 공기를 날려버리는 한 줄기 바람이죠? 액셀의 여름 풍물로도 손색이 없을 거라고 생각해요."

절반 정도는 무슨 소리인지 이해하지 못했지만 하고 싶은 말이 뭔지는 이해했다.

"관중에 대한 배려, 그리고 완벽하게 원형을 이룬 구덩이를 높이 평가해서 오늘 폭렬은 97점!"

"감사합니다! 앞으로 더욱 정진할게요!"

나는 메구밍과 바보 같은 대화를 나눈 후, 쓰러져 있는 그녀를 안아 들었다.

그리고 신체가 눈곱만큼도 성장하지 않은 건지 여전히 가벼운 그녀를 익숙한 손놀림으로 업었다.

"항상 미안해요."

"그렇게 생각한다면 더욱 레벨을 올려서 폭렬마법을 쓰고도 쓰러지지 않을 만큼 최대 마력을 높이라고."

나는 액셀 마을을 향해 걸으며 메구밍에게 투덜거렸다.

"아무리 레벨을 높여도 계속 쓰러질걸요? 레벨업을 해서 입수한 스킬 포인트를 전부 폭렬 마법의 위력 향상에 쏟아붓고 있으니까요."

"뭐?! 아무리 레벨을 올려도 최대 마력보다 소비 마력이 많다 했더니, 그딴 짓을 하고 있었던 거냐?! 이렇게 너를 업고 다니는 짓거리도 네가 레벨이 오를 때까지만 하면 된다고 생각하며 발휘했던 내 인내심을 돌려줘!"

"뭐, 괜찮잖아요. 때로는 이런 동료 간의 스킨십도 필요하다고요."

"인마, 네가 그딴 소리를 할 처지냐?"

메구밍이 눈곱만큼도 반성하지 않자 나는 그녀에게 스킨십으로 치부할 수 없는 짓을 해줄지 말지 고민했다.

"제가 이렇게 동료를 소중히 여긴다는 걸 홍마의 마을에 살던 시절의 제가 알면 절대 믿지 않을 거예요."

"지금 상황만 보면 눈곱만큼도 동료를 소중하게 여기는 것처럼 보이지 않거든?"

내가 주저 없이 그렇게 말하자 메구밍은 웃음을 흘렸다.

"넌 옛날에 대체 어떤 애였다는 거야? 그리고 대체 뭘 잘못 먹어서 폭렬마법 같은 걸 익힌 건데?"

"잘못 먹은 적 없거든요? 카즈마는 정말 무례하다니까요. 그것보다, 제가 옛날에 어떤 애였냐고요? 으음……."

나한테 업힌 메구밍은 옛날 생각에 잠겼는지 잠시 동안 아무 말도 하지 않았다. 그리고―.

"저는 옛날에 남들과 무리를 이루려고 하지 않았어요. 저는 천재니까 혼자라도 괜찮다는 착각에 빠져 있었죠."

"너는 옛날부터 골 때리는 애였구나."

내가 그런 감상을 밝히자 메구밍은 내 목에 두른 팔에 힘을 줬다.

"미, 미안해! 방금 한 말은 취소할게! 그러니까 너는 옛날부터 외톨이…… 아야야야얏! 인마, 너는 나보다 레벨도 높고 완력도 세니까 힘 조절 좀 하라고!"

메구밍은 내 등에 업힌 채 어이없다는 듯 한숨을 내쉬었다.

"하아, 괜한 소리를 하니까 이런 꼴을 당하는 거예요. ……제가 왜 폭렬마법을 익혔는지를 묻고 싶은 거죠?"

"아, 그래! 원래 폭렬마법은 남이 가르쳐줘야만 습득할 수 있잖아? 대체 어디 사는 민폐 덩어리가 너한테 그런 걸 가르쳐준 거야?"

"제 은인이자 동경하는 사람을 민폐 덩어리라고 부르지 말아줄래요? ……좋아요."

메구밍은 과거를 그리워하듯 잠시 동안 생각에 잠기더니―.

"―어떤 사람에게 제가 폭렬마법을 익혔다는 걸 전한 다음에 가르쳐줄게요."

그렇게 말하고 작게 웃었다.

제1장 이 평온한 나날에 기쁨을!

1

사람에게는 인생의 봄날이라고 불리는 시기가 찾아온다고
한다.

『오늘 밤에 제 방에 오지 않겠어요? 카즈마와 중요한 이야
기를 하고 싶어요.』

……메구밍이 한 그 말이야말로 나에게 봄날이 찾아왔다
는 사실을 알리는 신호가 틀림없다.

징후는 예전부터 있었다.

그렇다. 메구밍이 나에게 때때로 러브 오라를 뿜고 있다
는 것은 예전부터 눈치챘다.

왜냐하면 나는 둔감 및 난청 캐릭터가 아니기 때문이다.

하지만 지금 초조해했다간 연장자로서의 위엄이 무너지고
말리라.

―그 날.

평소와 마찬가지로 쿨한 나는 저녁 식사를 하기 위해 자리에 앉았다.

"자, 기뻐해! 아까 상점가를 어슬렁거리는데, 감사제 뒤풀이 파티 후에 남은 술을 가지고 가라지 뭐야! 엄청 비싼 술이야! 내일 아침까지 너희를 재우지 않을 거니까 다들 각오해!"

의기양양한 표정으로 내 맞은편에 앉은 아쿠아가 안고 있던 술병들을 우리에게 자랑하듯 보여줬다.

오늘 밤에는 중요한 볼일이 있다.

눈치라고는 눈곱만큼 없는 녀석, 이라며 쏘아붙여 주고 싶지만 메구밍과 한 약속을 언급할 수는 없었다.

게다가 쿨한 나는 물론이고 다른 사람들도 고급술 따위에—.

"……호오. 정말 비싼 술이구나. 에리스 감사제 때는 바빠서 너희와 축제를 즐기지 못했지. 오늘은 우리끼리 뒤풀이 파티를 하도록 할까?"

"뭐?

"자, 자자, 잠깐만 있어봐, 다크니스. 오늘은 일찍 잠자리에 들자고. 다들 이런저런 일이 있었던 바람에 지쳤잖아?"

"그렇지 않다만? 축제와 영주로서의 업무도 끝났고, 요즘은 딱히 지칠 만한 일도 없었지 않으냐."

다크니스는 영문을 모르겠다는 듯 고개를 갸웃거리더니 테이블 위에 식기를 놓으면서 그렇게 말했다.

나는 오늘 밤에 중요한 약속이 있단 말이다.

그러니 이 녀석들과 밤새도록 술을 마실 수는 없다고…….

"나는 매일같이 몬스터와 싸우느라 지쳤거든. 오늘은 일찌감치 쉴래."

"너는 오늘 저택 밖으로 단 한 걸음도 나가지 않았을 텐데? 매일 열두 시간 넘게 수면을 취하는 주제에 피곤하다는 것이냐? 웃기지도 않는 농담을 하지 마라."

다크니스가 날린 날카로운 태클에 내가 어떻게 할지 고민하고 있을 때—.

"너무 빼지 마세요, 카즈마. 다 같이 밤새도록 즐거운 시간을 보내자고요."

"어?!"

나와 약속을 했던 메구밍이 묵직해 보이는 냄비를 양손으로 들고 그렇게 말했다.

이 녀석, 내가 왜 파티 제안을 거절하는 건지 진짜로 모르는 거냐?!

"자, 오늘은 카즈마가 좋아하는 파오리 전골이에요. 그것도 양식 파오리가 아니라 야생 파오리로 만든 거라고요. 이걸 먹으면 경험치를 잔뜩 얻을 수 있을걸요?!"

그런 내 심정을 모르는 듯한 메구밍은 쓴웃음을 지으면서 냄비를 식탁에 내려놓았다.

"어, 어이, 메구밍. 정말 괜찮은 거야? 오늘 밤에는 저기……"

내가 당황한 목소리로 귓속말을 하자 메구밍은 작게 웃었다.

"오늘 안 되면 내일이나 모레도 괜찮잖아요? 어차피 시간은 넘쳐나니까요."

이 녀석, 내 말은 눈곱만큼도 이해 못 한 것 같은데?!

왜 이 타이밍에 미뤄버리는 건데! 의미심장한 말로 내 마음을 다 흔들어놓고 말이야! 이래서야 잠들기는 다 틀렸잖아! 이렇게 기대하고 있는 상태에서 어떻게 더 기다리냐고!

"카즈마, 왜 그렇게 안절부절못하는 거야? 콧구멍도 벌렁거리네. 이따금 외박할 때 짓던 표정과 비슷해."

"그, 그런 적 없거든?! 저녁밥이 파오리 전골이라 흥분한 것뿐이야! 이건 좋은 파오리네! 레벨이 쑥쑥 오르겠는걸!"

나는 꼭 이럴 때만 감이 좋은 아쿠아의 말을 듣고 허둥댔다.

메구밍은 그런 나를 쳐다보며 웃음을 흘렸다.

2

여신 에리스 감사제가 끝난 후, 이 마을에는 평소와 다름없는 일상이 찾아왔다.

한때는 여신 에리스가 강림한 마을로서 성지 순례 붐이 일어났지만 지금은 그런 사람도 확 줄었다.

그런 시기에 나는 메구밍에게 자기 방으로 오라는 말을 들었지만 계속 방해를 받는 바람에 난처해하고 있었다.

첫날에는 아쿠아가 연회를 열자고 했으며 그 다음 날에는 아쿠아가 메구밍을 자기 방으로 끌고 가서 밤새도록 게임을 했다. 그리고 그 다음 날에는 아쿠아가 「우리는 액셀 마을에서 알아주는 일류 여성이니까 때로는 여자들끼리 모임을 가져야 한다」는 어이없는 소리를 해대면서 다른 애들과 함께 밤샘을 했다. 그리고 그 다음 날에는 또 아쿠아가…….

……오늘 밤에는 그 녀석을 확 묶어둘까?

나는 아침 식사를 마친 후, 무릎 위에 있는 젤 킹을 향해 자애에 찬 눈길을 보내고 있는 아쿠아를 쳐다보면서 그런 생각을 했다.

홍차 하나만은 잘 끓이는 다크니스가 차를 끓이기 위해 주전자를 들고 부엌으로 향한 사이, 아쿠아는 무릎 위에 있는 병아리를 쓰다듬으며 만족스러운 표정을 지었다.

아무래도 아쿠아는 영화에 나오는 부자들처럼 고급스러운 애완동물을 쓰다듬는 상류층 흉내를 내고 있는 것 같지만, 난폭 병아리 젤 킹은 그녀의 손가락을 신경질적으로 쪼고 있었다.

"그런데 메구밍은 아까부터 뭘 만드는 거야? 처음 보는 물건이네."

"……이것 말인가요? 이건 홍마족 사이에서 전해져 내려오는 마술적인 부적이에요. 이 부적 안에 강한 마력을 지닌 사람의 머리카락을 넣어서 동료에게 주죠. 뭐, 효력이 있을지는 모르지만, 자주 죽는 카즈마에게 생일 선물 삼아 줄까 싶어서요."

확실히 나는 툭하면 죽지만 이걸 받으면 더 자주 죽을 것 같았다.

"그거 좋은 생각이구나. 그런데 누구의 머리카락을 넣어도 괜찮은 것이냐? 그리고 머리카락이 많으면 많을수록 효과적이라거나……."

다크니스는 끓는 물이 담긴 주전자를 가지고 돌아왔다.

메구밍은 부적에 자신의 머리카락을 하나 넣으면서 다크니스에게 말했다.

"많으면 많을수록 좋아요. 마왕군을 타도하기 위해 원정을 떠나는 이에게 주는 부적에는 마을 사람 전원의 머리카락이 가득 들어 있는데, 부적 밖으로 비집고 나올 정도죠. 그 부적은 정말 영험하다니까요. 소유자의 몸을 지킬 뿐만 아니라, 짐을 아무 데나 둬도 도둑을 맞지 않는 데다, 짐을 잃어버려도 금방 주인에게 돌아와요. 효과가 정말 끝내줘요."

그건 머리카락이 비집고 나온 부적을 보고 기분이 나빠져서 도둑질을 관두거나, 이상한 저주라도 걸리는 게 아닐까 생각해서 주인을 찾아 준 것 같은데 말이다.

바로 그때, 다크니스가 자신의 긴 금발을 하나 뽑았다.

"그럼 이것도 넣어주지 않겠느냐? 뭐, 나는 마력이 강하지 않아서 효과를 기대할 수는 없을 것 같지만 말이다."

다크니스는 그렇게 말하며 메구밍에게 그 머리카락을 건넸다.

메구밍은 그것을 받더니 왠지 기뻐하면서 부적에 집어넣었다.

"…………."

곧 이 자리에 있는 이들의 시선은 자연스럽게 아쿠아에게 쏠렸다.

젤 킹에게 손가락을 쪼이며 아파하던 아쿠아는 그 시선을 눈치채고 고개를 갸웃거렸다.

"……응? 왜 그래? 혹시 주제넘게 이 여신님의 머리카락을 요구할 생각인 건 아니겠지? 잘 들어. 여신의 머리카락이 얼마나 성스럽고 희귀한……."

"너도 눈치라는 게 있으면 잔말 말고 빨리 내놔! 그리고 축제 이후부터 시시콜콜 자기가 여신이라는 걸 어필하던데, 좀 작작하라고!"

"꺄아~! 알았어! 알았으니까 머리카락을 잡아당기지 마! 아파, 아프단 말이야! 차라리 뽑지 말고 하나만 잘라!"

나는 아쿠아에게서 강제로 뽑은 머리카락을 메구밍에게 건넸다.

일본에서도 부적 안에 머리카락 같은 것을 넣는데 그것과 비슷한 풍습 같았다.

나와 아쿠아를 보며 쓴웃음을 짓던 다크니스가 찻잔에 홍차를 따라줬다.

"그럼 카즈마, 이걸 받아주세요. 뭐, 큰 효과는 없을 테니까 가방 안에 대충 넣어두세요."

"으, 응. 고마워."

나는 메구밍이 준 부적을 방에 놔둔 가방이 아니라 품속에 소중히 넣어뒀다.

"카즈마. 그건 내 머리카락이 들어간 영험한 부적이니까 소중히 여겨. 안 그러면 천벌 받을 거야."

"이걸 가지고 다닌다고 내 지력이 떨어지거나 언데드에게 사랑받지는 않겠지?"

"……저기, 다크니스. 전에 젤 킹의 집을 짓는 걸 도와주기로 했잖아? 약속을 지켜줘."

"어이, 무시하지 마! 이걸 가지고 다니면 언데드가 파리처럼 나한테 꼬이는 거지? 맞지?!"

아쿠아는 내 질문에 대답하지 않더니 다크니스의 손을 잡아끌며 밖으로 나갔다.

거실에 남겨진 내가 땅이 꺼져라 한숨을 내쉬자 그 모습을 본 메구밍이 즐겁다는 듯 웃음을 터뜨렸다.

"왜 내 얼굴을 쳐다보면서 히죽거리는 거야? 엉큼한 생각이라도 한 거야?"

"아니에요! 이상한 생각은 한 적 없고, 히죽거린 적도 없어요! 미소를 지었을 뿐이라고요!"

양손으로 찻잔을 들고 홍차를 마시던 메구밍이 언성을 높인 순간, 나는 우리가 현재 어떤 상황에 처했는지 눈치챘다.

요즘 들어 계속 방해를 받았지만 지금 이 자리에는 나와 메구밍뿐이다.

일전에 메구밍이 말한 중요한 이야기라는 게 대체 뭘까.

"왜 갑자기 입을 다무는 거죠? 저와 단둘이 있다고 긴장한 건가요?"

메구밍은 내 마음을 꿰뚫어 본 것처럼 놀리는 어조로 그렇게 말했다.

뭐야. 나만 애가 타고 있는 거야?

넓은 방에 단둘이 있다는 걸 신경 쓰고 있는 사람은 나뿐인 걸까.

"전에 네가 했던 이야기가 신경 쓰인 것뿐이야. 너, 저번에 나한테 해줄 중요한 이야기가 있다고 했잖아. 아, 그렇다고 엄청 신경 쓰이는 건 아니거든? 괜한 기대 같은 걸 하고 있는 것도 아니라고. 지금까지도 실컷 기대했다가 실망한 적이 많으니까."

내가 상기된 목소리로 말을 늘어놓자 메구밍은 찻잔에 입을 댄 채 웃음을 터뜨렸다.

메구밍의 그런 모습을 보고 있기만 해도 왠지 얼굴이 벌게졌다.

나는 대체 왜 이러는 거지. 예전부터 시시콜콜 러브 오라를 뿜은 메구밍을 의식하는 건가?

젠장, 나는 이런 남자가 아니란 말이다. 이 로리 꼬맹이에게 농락당할 만큼 허술한 남자가 아니라고……!

내가 그런 생각을 하고 있는데 메구밍은 슬며시 내 시선을 피하며 입을 열었다.

"제가 카즈마에게 해주고 싶은 중요한 이야기란 바로……."

메구밍이 말을 이으려고 한 바로 그 순간이었다.

"메구밍! 미안하지만 좀 와줬으면 한다! 아쿠아가 너를 부른다! 나는 손재주가 없어서 아무짝에도 쓸모가 없으니 메구밍과 교대하라는구나! 아쿠아에게 「집을 박살 내달라고 한 적 없거든?! 만드는 걸 도와달라고 했거든?! 다크니스는 메구밍을 부른 다음, 카즈마가 우리를 방해하지 못하도록 적당히 놀아주고 있어!」라는 말을 들었다……."

약간 울먹이며 그렇게 말한 다크니스가 현관을 통해 집 안으로 뛰어 들어왔다.

……타이밍 한번 끝내주게 못 잡네.

아니, 지나치게 잘 잡는 건가?

"새집을 만들 거라면 나한테 도움을 청해야 하는 거 아냐? 나는 대장장이 스킬을 가졌으니까 그 정도는 식은 죽 먹기라고. 그런데 왜 메구밍한테 도와달라고 하는 건데?"

"아, 나도 그 말은 했다. 하지만 그랬다간 카즈마가 쓸데없는 짓을 할 거라고 하더구나. 젤 킹의 집을 오븐이나 가마 형태로 만들지도 모른다며 우려했다."

역시 나에 대해 잘 아는걸.

"그럼 잠시 갔다 올게요. 다크니스는 카즈마를 좀 돌봐 주세요."

"어이, 무슨 소리를 하는 거야. 돌봐 주는 사람은 다크니스가 아니라 나라고."

내가 항의를 하자 메구밍은 웃음을 터뜨리면서 밖으로 나갔다.

으음, 대체 뭐가 어떻게 되어가는 거지.

역시 메구밍에게 휘둘리고 있는 것 같았다.

한편, 나와 메구밍의 대화를 옆에서 듣던 다크니스는—.

"……어이, 카즈마. 너, 메구밍과 무슨 일 있었느냐?"

뜬금없이, 정말 뜬금없이 그런 소리를 했다.

무슨 일이라고 해봤자 고맙다는 말과 농담 투로 좋아한다는 말을 들은 게 전부다.

뭐, 그러니 결과적으로 본다면—.

"아무 일도 없었어."

"그럴 리가 없다! 그럼 메구밍은 왜 저런 태도를 취하는 거지?! 아쿠아에게 들었다. 요즘 매일 밤 메구밍의 방에 찾아간다면서? 홍마의 마을에서 메구밍에게 장난을 쳤던 것처럼 또 그녀에게 이상한 짓을 한 것 아니냐?"

다크니스는 내 말을 딱 잘라 부정했다.

"예전부터 생각했던 건데, 너는 대체 나를 어떤 놈이라고 생각하는 거야? 네가 엉엉 울 때까지 스틸을 날려댄다? 나는 거짓말을 한 적 없어. 네가 말하는 이상한 짓이 뭔지는 모르겠지만, 적어도 네가 상상하는 짓거리를 한 적은 없다고."

내가 그렇게 말하자—.

"……이상한 짓이라는 게, 저기, 뭐냐면……. 너는 알면서 나한테 묻는 거지? 그러니까……. 메구밍과, 키, 키스를 한다거나……. 가슴을 만진다거나……!"

다크니스는 볼을 붉히더니 부끄러워하며 그런 소리를 했다.

여전히 수치심의 기준이 어디에 있는 건지 알 수 없는 애다.

"키스도 한 적 없고, 가슴을 만진 적도 없어. 나를 뭐로 보는 거야? 내 눈을 똑바로 봐. 이게 거짓말을 하는 남자의 눈이라고 생각해?"

나는 그렇게 말하며 다크니스를 똑바로 쳐다보았다.

다크니스는 맑디맑은 내 눈을 보더니 서서히 당황하기 시작했다.

"……으윽. 타, 탁하기는 하지만 거짓말을 하는 것…… 같지는, 않구나……. 미안하다. 확실히 아무 일도 없었나 보구

나. 메구밍의 태도를 보면 무슨 일이 있었다고 생각할 수밖에 없다만……. 아, 아무 일도 없었다면 됐다. 방금 내가 한 말은 잊어다오. 정말 미안하다……."

다크니스는 부끄러움을 느끼는지 목소리가 점점 작아졌다.

그리고 마음을 진정시키려는 것처럼 자리에서 스윽 일어선 뒤 양손으로 팔짱을 꼈고 그녀의 풍만한 가슴이 강조됐다.

"요즘 들어 너와 메구밍이 좀 이상해 보여서 말이다. 너희 둘이 드디어 선을 넘은 것은 아닌가 싶어 걱정했다."

다크니스는 그렇게 말하며 소파를 향해 걸어가더니 자리에 앉았다.

그리고 자신의 찻잔에 홍차를 따랐다.

다크니스는 가슴의 응어리가 풀려서 안심한 표정으로 그 홍차를 마시고 있었다.

나는 그런 그녀에게 앙갚음을 해줄 요량으로 이렇게 말했다.

"……하아. 남의 허락도 받지 않고 멋대로 키스하는 녀석에게 그딴 소리를 듣고 싶지는 않다고. 변태 귀족 아가씨인 너한테 비하면 나는 평범하기 그지없단 말이야."

내가 그렇게 말하자 다크니스는 입안에 있던 홍차를 그대로 뿜었다.

"인마……! 뭐하는 거야?! 너 때문에 홍차 범벅이 됐잖아!"

나는 허둥지둥 홍차로 범벅이 된 셔츠를 벗고 그걸 털털 털었다.

"콜록! 쿨럭! 콜록……!"

사레가 들린 다크니스는 벌떡 일어서더니 손수건으로 입을 닦으며 말했다.

"너, 너라는 녀석은 정말! 느닷없이 무슨 소리를 하는 것이냐! 그런 무례한 폭언……! 폭언을……. 근거 없는 폭언……."

마치 나를 잡아먹을 것처럼 불같이 화를 내던 다크니스의 목소리 톤이 서서히 작아졌다.

짐작 가는 구석이 있는지, 사레가 심하게 들린 탓에 눈물이 맺힌 눈으로 나를 쳐다보던 다크니스는 시선을 피했다.

"어, 짐작 가는 구석이 있나 보구나. 이 왕변태야. 넌, 맨날 하악하악거리면서 이상한 행동만 해댔지! 평소에는 어린애들한테 들려주지도 못할 발언만 해대면서, 진짜로 거사를 치르려고 하자 꽁무니를 뺀 이 얼간이 귀족 아가씨! 자, 어떠하냐? 할 말이 있으면 어디 해보거라!"

내가 어디 사는 누구 씨의 말투를 흉내 내자 다크니스는 소파에 털썩 주저앉으면서 양손으로 얼굴을 감쌌다.

어깨가 부들부들 떨리는 모습을 보니 부끄러워서 저러는 것 같았다.

이윽고 다크니스가 얼굴을 가리던 손을 치우자 약간 빨개지기는 했지만 평소와 별반 다르지 않은 그녀의 차분한 표정이 눈에 들어왔다.

예전 같았으면 방금 내가 한 말을 듣고 울먹거리며 방에 틀어박혔을 테지만 다크니스도 어느새 성장한 것 같았다.

아무 일도 없었다는 듯 홍차를 다시 타서 홀짝인 다크니스는 한숨 돌린 다음, 입을 열었다.

"내가 잘못했다. 너를 성희롱남으로 오해한 것을 사과하마. 그리고 앞으로는 좀 더 숙녀답게 행동하겠다고 맹세하겠다. ……그러니 이제 그만 용서해주십시오."

"으, 응……. 나도 말이 좀 심했어. 화해하자……."

울면서 도망치기만 하던 다크니스한테 이런 면이 생겼구나.

"그러고 보니 너한테 소포가 왔었다. 현관 옆에 둔 저 상자다."

이 상황을 얼버무리려는 것처럼 홍차를 연거푸 타서 마시던 다크니스가 불현듯 그렇게 말했다.

태연한 척하고 있지만 아무래도 정신적으로는 여전히 동요한 상태인 것 같았다.

"아, 그게 왔구나. 요즘 들어 경험치가 잔뜩 들어 있는 호화로운 요리만 먹은 덕분에 내 레벨도 올라갔잖아? 그래서 베테랑 모험가에게 어울리는 장비를 새로 맞춰봤어. ……그리고 그렇게 홍차를 마셔대간 화장실에 가고 싶어질 거야."

"제, 제발 부탁이니 섬세함이라는 걸 길러다오……."

나는 다크니스의 원망 섞인 눈길을 받으면서 상자 안에 들어 있던 가볍고 튼튼한 토시와 정강이 보호구, 그리고 가슴 갑옷 등을 꺼냈다.

"오오, 이거 꽤 괜찮은데!"

나는 그렇게 말하고 상자 안에서 마지막으로 와이어를 꺼
냈다.

—바인드라는 스킬이 있다.

바인드는 내가 요즘 들어 주력으로 사용하는 스킬이다.
포박에 성공하기만 하면, 그리고 와이어의 강도만 충분하다
면 그 어떤 상대라도 무력화시킬 수 있다.

포박 성공률은 스킬 사용자의 행운 수치에 따라 결정되니
나에게 딱 맞는 스킬이었다.

지금까지는 특별 주문한 강철 와이어를 사용했다. 하지만
나는 돌다리라도 건너지 않고 박살을 내버린 후 새로운 다
리를 건설해서 건널 만큼 조심성이 많기에, 최고의 강도를
자랑하는 와이어를 특별히 주문했다.

미스릴 합금으로 만든 이 끝내주는 와이어는 상대가 영적
존재라도 포박할 수 있다.

내가 이 와이어를 손에 쥔 채 만족스러운 미소를 짓자—.

"설마 그건 바인드용 와이어냐?! 게, 게다가 이 광택……!
설마 미스릴 와이어인 것이냐?!"

특별 주문 와이어를 본 변태가 볼을 붉히며 흥분하기 시
작했다.

변태는 부러워하는 눈길로 이 와이어를 쳐다보더니 이윽

고 얼굴을 붉힌 채 몸을 배배 꼬았다.

"저기……. 카즈마, 나는 포박 스킬에 있어서 일가견이 있다. 그러니 네 특제 와이어를 나한테 시험해보지 않겠느냐? 그러고 보니 나는 아직 네 바인드를 당해본 적이 없구나. 파티 멤버로서 동료의 스킬이 어느 정도 위력인지 파악해둘 필요가 있다고 생각한다!"

변태는 그렇게 말하고 내 얼굴과 와이어를 번갈아 쳐다보았다.

"너, 앞으로는 숙녀답게 행동하겠다고 자기 입으로 지껄이지 않았어? 그리고 이건 보다시피 초강력 몬스터 포박용이거든. 내 바인드를 당해보고 싶으면 창고에 있는 가는 로프로……."

나는 그렇게 말하면서 거실 옆에 있는 창고에서 로프를 가져오려고—.

"아니, 그게 좋다! ……가 아니라, 그걸로 해도 된다. 나조차 포박하지 못하는 와이어가 초강력 몬스터에게 과연 통할까? 아니, 통하지 않을 거다. 그러니 그걸로 나를 포박해다오."

얼굴이 달아오른 변태는 그렇게 말하며 나를 말리더니 기대에 찬 시선을 보내왔다.

하지만 이것보다 강도가 약한 강철 와이어로도 카오룽즈 히드라는 강력한 몬스터를 포박했으니, 이제 와서 이 와이어를 시험해볼 필요는 없을 것 같은데…….

하지만 변태는 기뻐 죽겠다는 표정을 짓고 있었다.

"……너, 방금 이게 좋다고 말하지 않았어?"

"말한 적 없다."

"무슨 소리를 하는 거야. 말했잖아."

"말한 적 없다. ……그런 건 아무래도 상관없으니 빨리 스킬을 써라. 그 튼튼하고, 단단하며, 묵직해 보이는 와이어를 자랑하듯 보여줘 놓고 내 애간장만 계속 태울 생각인 것이냐?"

이미 자신의 속셈을 숨길 생각이 없는 변태를 본 나는 어쩔 수 없다고 생각하며 몸을 일으켰다.

나는 와이어의 강도를 확인하듯 양손으로 가볍게 당겨본 후 다크니스를 향해 돌아섰다.

참고로 나는 젖은 셔츠를 벗은 탓에 반바지 하나만 걸치고 있었다.

그리고 다크니스는 몸의 라인이 확연히 드러나는 얇은 와이셔츠와 타이트스커트 차림이었다. 솔직히 말해 귀족 아가씨라기보다 일본의 여자 회사원 같은 옷차림이었다.

제삼자의 입장에서 본다면 꽤나 외설적인 장면일 것이다.

상반신 알몸으로 와이어를 쥔 나를 본 다크니스는 얼굴을 붉힌 채 당황하기 시작했다.

"어, 어이, 카즈마. 하, 하다못해 옷을 입지 않겠느냐? 그런 옷차림인 너한테 포박당한다고 생각하니, 왠지 해선 안 되는 짓을 하는 것 같은……."

"인마, 이제 와서 바보 같은 소리 하지 말라고."

나는 여러모로 돌아올 수 없는 강을 건넌 변태를 향해 와이어를 내밀며 말을 이었다.

"귀찮으니까 내가 지닌 대부분의 마력을 쏟아부어서 포박 시간을 엄청 길게 해줄게. 아까부터 바보 같은 소리나 해댄 너를 바닥에서 굴러다니게 만들어주겠어."

"뭐?! 나를 그 튼튼한 와이어로 묶는 걸로 모자라, 바닥을 굴러다니게 만들겠다는 것이냐?! 재갈은! 재갈은 필요 없는 것이냐? 혹시 내가 너무 아파서 울부짖기라도 하면 어쩔 것이냐?!"

"아무것도 안 할 거야."

우리 집 변태는 오늘도 컨디션이 끝내줬다.

빨리 이 녀석을 와이어로 묶은 다음, 아쿠아와 메구밍이 어쩌고 있는지 보러 가자.

아니, 방해하러 가자.

나는 다크니스를 향해 와이어를 내민 다음—.

"『바인드』!!!!!!"

—하고 외쳤다!

그러자 내가 쥐고 있던 와이어가 다크니스의 몸을 향해 쭉 뻗어가더니 그녀의 몸을 칭칭 옭아맸다.

"앗……! 이, 이건……! 크윽……, ……아앗?!"

와이어에 묶인 다크니스가 그렇게 외쳐대는 가운데…….

꽁꽁 묶인 그녀를 본 나는 꼼짝도 하지 못했다.

아니, 멍하니 쳐다보았다.

아니, 멍하니 쳐다볼 수밖에 없었다.

"……으, 하아…… 하아……! 너, 너라는 녀석은……! 왜 항상, 이렇게 내 예상을 가볍게 뛰어넘는 것이냐……!"

와이어가 요염한 한숨을 내쉬는 다크니스의 가슴을 교묘하게 피하며 몸을 옭아매자 그녀의 가슴이 강조되었다.

양손이 완전히 묶인 다크니스는 세게 묶인 탓에 몸에서 힘이 빠졌는지 바닥에 깔린 융단 위로 무릎을 꿇으며 쓰러졌다.

어깻죽지부터 허리 언저리까지 와이어로 묶이고 가슴 계곡이 강조된 채 벌게진 얼굴로 융단 위를 굴러다니는 다크니스의 모습은 성인 잡지의 표지로 삼아도 될 만큼 요염했다.

위험하다.

정말 위험하다.

다크니스의 지금 모습을 보면 아쿠아와 메구밍도 완전히 질려버리고 말 것이다.

솔직히 말해 변명도 할 수 없을 정도로 엄청난 상황이었다.

가슴을 강조하듯 묶을 생각은 없었지만 여성에게 스틸을 날리면 속옷을 벗기는 점으로 유추해볼 때, 내가 사용하는 스킬에는 여러모로 문제가 있다는 생각이 마구 들었다.

나는 몸을 배배 꼬면서 하악하악거리는 다크니스를 향해 몸을 웅크리고 말했다.

"어이, 괜찮아? 실은 포박하는 힘을 약하게 한 건데."

"이…… 이게 약하게 한 거라니……! 저기, 카즈마……. 다, 다음에는 돈을 내겠다. 그러니까, 부디 더 세게—."

다크니스가 내 말을 듣고 바보 같은 소리를 한 순간—.

나는 내 뒤편에서 뭔가가 다가오고 있다는 사실을 눈치챘다.

어쩌면 오랫동안 단련해온 적 탐지 스킬이 발동한 것일지도 모른다.

원래 그 스킬은 나에게 적의를 지닌 상대만 감지할 수 있다.

내가 항상 의지해온 그 스킬이 주인에게 위기를 알려준 것이리라.

나는 내 감과 본능에 따라……!

—현관문이 열리는 소리가 들렸다.

『휴우, 피곤해. 일단 좀 쉬자. 메구밍, 수고했어!』

『아쿠아는 젤 킹과 놀기만 했으면서 뭐가 피곤하다는 거죠? ……어?』

그와 동시에 문 너머에서 아쿠아와 메구밍의 목소리가 들려왔다.

"후우…… 후우…… 후우……."

내 손에 닿고 있는 것은 꽁꽁 묶인 다크니스의 뜨거운 숨결이다.

『카즈마와 다크니스가 없네요. 어디 간 걸까요?』

메구밍의 영문을 모르겠다는 투의 목소리와—.

『나의 한 점 흐림 없는 혜안(慧眼)에 따르면, 방에서 보드게임이라도 하고 있는 게 틀림없어.』

아쿠아의 목소리가 울려 퍼지더니 누군가의 급한 발소리가 들렸다.

아마 아쿠아가 나, 혹은 다크니스의 방으로 향하고 있는 것이리라.

메구밍은 소파에 앉아서 차라도 마시고 있는지 거실 쪽에서는 도자기가 달그락거리는 소리가 들려왔다.

반사적으로 다크니스를 안아 들고 좁디좁은 창고에 숨은 나는 다크니스의 체온을 느끼며 앞으로 어떻게 할지 고민했다.

사람은 당황하면 당치도 않은 짓을 저지르는 법이다.

솔직히 말해 아까 상황보다 지금 상황에서 저 두 사람과 마주치는 것이 훨씬 위험하다.

나는 왜 숨은 것일까.

딱히 문제 될 만한 짓은 하지 않았는데 말이다.

다크니스의 부탁을 들어줬을 뿐인데.

……아니다. 솔직하게 털어놓자. 나는 와이어에 묶인 채 요염한 표정을 짓고 있던 다크니스를 보고 흥분했다.

그리고 양심이 찔린 나머지 무심코 숨고 만 것이다.

걱정할 필요 없다. 메구밍이라면 이해해줄 게 틀림없다.

다크니스가 와이어에 묶이고 싶어 했다고 말하면 믿어줄 것이다.

그리고 내가 상반신 알몸인 것도 일상다반사니까 딱히 개의치는 않으리라.

……맙소사, 완전 아웃이잖아.

나는 다크니스를 향해 얼굴을 내민 다음, 그녀의 귀에 대고 속삭이듯 말했다.

"어이, 다크니스. 네가 이상한 부탁을 한 바람에 큰일 났잖아! 저 녀석이 우리 꼬락서니를 보면 상황이 이상하게 꼬일 거야. 그건 너도 알지?"

내가 그렇게 말하자 다크니스는 눈동자를 눈물로 적신 채 고개를 끄덕였다.

으음, 전에도 비슷한 일이 있었던 것 같은데…….

아, 맞다. 나는 왜 그때처럼 다크니스의 입을 막고 있는 거지?

"좋아. 그럼 이 상황에 어떻게 대처할지 생각해보자. 그럼 이제 손 뗀다?"

나는 천천히 그렇게 말한 후 다크니스의 입을 막고 있던 오른손을—.

"윽?! 아야야야얏! 너, 인마……! 왜 내 손을 무는 거야?! 놔! 아파! 아프다고, 이 바보야!"

다크니스가 자신의 입에서 떨어진 내 오른손을 물어뜯자, 나는 그녀의 머리를 왼손으로 찰싹찰싹 소리 나게 때려서 억지로 떼어냈다.

"너 지금 뭐하는 거야? 이거 좀 보라고! 잇자국이 생겼잖아!"

내가 울먹거리면서 작은 목소리로 그렇게 외치자―.

"……더는…… 못 참겠다……. 뭐라도 깨물면서, 참을 수밖에 없단 말이다……!"

다크니스는 마치 광견 같은 소리를 했다.

이 녀석, 갑자기 무슨 소리를 하는 거야? 더는 속성을 늘리지 말라고.

극한 상태에 처하며 극도로 흥분한 탓에 다크니스의 머리가 이상해진 것은 아닐까 하고 내가 생각할 때였다.

방금까지 요염하게 볼을 붉히고 있던 다크니스의 표정이 변했다.

금방이라도 울음을 터뜨릴 것처럼 수치심으로 얼굴 전체를 새빨갛게 물들인 그녀가 말했다.

"화장실에 가고 싶다……."

"내가 말했지?! 내가 말했잖아! 홍차를 그렇게 마셔대다간 화장실 가고 싶어질 거라고 말이야!"

어둡고 좁은 창고 안.

와이어에 묶인 다크니스가 볼을 새빨갛게 붉히고 있었다.

하지만 그녀는 평소처럼 흥분 때문에 볼을 붉히고 있는 것이 아니었다.

"카즈마……. 카, 카즈마……! 어쩌면 좋겠느냐! 크, 큰일 났다! 장난이 아니라, 진짜로 큰일이 났단 말이다……!"

상반신이 꽁꽁 묶인 다크니스는 울상을 짓더니, 작은 목소리로 그렇게 중얼거리며 몸을 배배 꼬았다.

나는 좁은 창고 안에서 다크니스를 덮치는 듯한 자세로 몸을 딱 붙이고 있었다.

"네가 내 말 안 듣고 차를 퍼마신 탓이잖아! 너, 실은 상당한 바보지?! 뇌가 근육으로 된 거야? 너는 때때로 아쿠아와 별반 차이가 없을 정도로 멍청해질 때가 있다고!"

나의 말에 다크니스는 어금니를 깨물면서 원망 섞인 눈길로 나를 노려보았다.

할 말은 있지만 지금은 그럴 때가 아니기에 입을 다물고 있는 것 같았다.

나 또한 이런 데서 다크니스와 말다툼이나 하고 있을 때가 아니었다.

"어쩔 수 없지……. 지금이라도 나가서 솔직하게 이야기하자. 메구밍은 너처럼 참을성 없고 성급하기만 한 바보와는 다르니까 제대로 설명하면 이해해 줄 거야. 이럴 때는 들키기 전에 뛰어나가서 이실직고하는 편이 그나마 낫다고."

"네가 나를 어떻게 생각하는지 한번 철저하게 이야기를 해봐야 할 것 같다만, 일단 좀 기다려봐라. 저기……. 너는 모르겠지만, 실은 메구밍과 단둘이 이런저런 이야기를 나눴다. 그래서…… 이런 모습을 그녀에게 보여주는 건 여러모로 좋지 않아. 그, 그러니 잠시만 더 기다려보자!"

뭐야. 대체 나 몰래 둘이서 어떤 이야기를 나눈 건데?

그러고 보니 메구밍도 다크니스와 단둘이 있을 때 나에 관해 이런저런 이야기를 했다는 소리를 한 적이 있었다.

"……어쩔 수 없지. 그럼 조금만 더 기다려보자고."

"어이, 내 입에 뭐라도 좀 물려다오. 이를 악물며 참아보마!"

나는 여러모로 위험한 상황이 벌어지고 있다는 걸 알면서도 다크니스에게 재갈 대신 손수건을 물렸다.

그리고 우리는 어둑어둑한 창고 안에서 지그시 기다렸다.

그러고 보니 아쿠아는 아까 메구밍에게 좀 쉬자고 말했었다.

그럼 이대로 기다리다 보면 저 두 사람은 휴식을 끝내고 다시 젤 킹의 집을 지으러 갈 것이다.

이 창고의 문 너머에서는 누군가가 시끌벅적하게 뛰어다니는 소리가 들려왔다.

『없어. 감사제 이후로 백수의 진가를 발휘하며 산업 폐기물로 클래스 체인지한 카즈마뿐만 아니라 카즈마의 상대를 부탁한 다크니스도 안 보이네.』

젠장, 두고 보자. 한밤중에 새집, 아니, 닭장을 개조해주마.

내가 요즘 매일같이 집에서 데굴거린 건 사실이지만, 산업 폐기물로 취급해? 배짱 한번 좋군.

『둘 다 어디 간 걸까요? 할 일 없이 빈둥대기만 하는 카즈마라면 이유 없이 외출하더라도 이상할 게 없어요. 하지만 카즈마를 돌보기로 한 다크니스까지 저희에게 아무 말도 안 하고 사라질 리가 없는데 말이죠…….』

나, 완전 무책임한 한량으로 여겨지고 있구나…….

……바로 그때였다.

"……읍! ……우읍!"

다크니스는 뭔가를 호소하듯 작게 신음을 흘렸다.

고개를 돌려보니 이 좁은 창고 안에서 인내심을 발휘하느라 땀범벅이 된 다크니스의 숨결이 에로틱한 느낌으로 거칠어졌다.

그런 다크니스의 목덜미를 타고 한 줄기 땀방울이 흘러내렸다.

밀실에서 이런 상황이 벌어지니 장난이 아니다. ……우옷!

"어, 어이! 갑자기 왜 그러는 거야?! 버둥거리지 마!"

나는 갑자기 몸부림을 치기 시작한 다크니스를 향해 그렇게 속삭이면서 그녀가 물고 있던 손수건을 뺐다.

"……하아! 크, 큰일 났다……! 더, 더 참는 건 무리야……!"

"인마, 힘내! 조금만 더 힘내라고! 저 녀석들은 잠시 쉬러 온 거니까 금세 다시 작업을 하러 갈 거야!"

참고로 다크니스가 이 좁고 더운 창고 안에서 어중간하게 인내심을 발휘한 탓에 우리 둘은 땀범벅이 되었다. 즉, 사태가 괜히 더 악화된 것이다.

"내가 말했지?! 아까 내가 말했지?! 나갈 거면 빨리 나가는 편이 낫다고 말했잖아!"

"미, 미안하다……! 하, 하지만……!"

나는 또 무슨 말을 늘어놓으려 하는 다크니스의 입에 손수건을 억지로 집어넣었다.

아까라면 몰라도 현재 상태의 다크니스를 데리고 창고 밖으로 나갈 수는 없다.

땀에 젖은 와이셔츠가 다크니스의 몸에 찰싹 달라붙어 있었다. 우리 사이에 아무 일도 없었다는 사실을 아쿠아와 메구밍에게 이해시키더라도, 이런 상태의 다크니스를 감금했다는 것만으로 나는 밖에 있는 둘에게 경멸당하고 말 것이다.

요즘 들어 메구밍과 꽤 좋은 분위기가 되어가고 있단 말이다. 이 바보 때문에 그 분위기가 박살 나게 할 수야 없지!

내가 그런 생각을 하고 있을 때 다크니스는 더 이상 못 참겠는지, 자신을 짓누르고 있는 나를 떨쳐내고 밖으로 나가기 위해 격렬하게 몸을 버둥거렸다.

나는 허둥지둥 다크니스를 덮쳐누르면서 그녀의 귀에 대고 이렇게 말했다.

"어이, 얌전히 있어! 너만 참으면 전부 다 원만하게 해결돼. 애초에 네가 내 조언을 안 들어서 이런 사태가 발생한 거잖아! 얌전히 있어!"

내가 그렇게 말하자 다크니스는 체념한 것처럼 눈을 감았다.

어이, 이 상황에서 눈을 감지 마. 너희 집에 내가 침입했을 때도 그렇고, 너는 왜 이런 상황이면 금방 포기하는 거냐고!

이 상황에서 저 두 사람이 우리를 발견했다간 진짜로 큰일이 날 거라고 생각한 나는 다크니스의 입을 막고 있던 손수건을 빼며 외쳤다.

"어이, 눈 감지 마! 잘 들어. 바보인 너도 알아들을 수 있게 설명해주지. 지금 창고 밖으로 뛰쳐나갔다간 여러모로 거북한 상황이 벌어질 거야. 아쿠아가 우리를 찾아내면 어떤 일이 벌어질 것 같아? 분명 희희낙락하면서 길드에 있는 녀석들한테「큰일 났어~! 상반신 알몸인 카즈마와 꽁꽁 묶인 다크니스가 땀범벅이 된 채 창고에 틀어박혀 있더라니깐! 무슨 일이 있었던 건지는 여러분의 상상에 맡길게요!」라고 떠들어댈 거라고."

"으으으으……."

다크니스는 울음에 가까운 신음을 흘렸고 나는 열이 나는 머리를 식히기 위해 마지막 남은 마력을 쥐어짜서 프리즈를 펼쳤다.

다크니스는 더운 창고 안에서 프리즈로 몸을 식히는 나를 부러운 듯 쳐다보면서도 자신에게 프리즈를 걸어달라고 말하지는 않았다.

지금 상태에서 몸을 식히는 게 위험하다는 사실을 알고 있는 것 같았다.

바로 그때, 다크니스는 몸을 배배 꼬며 말했다.

"……어, 어이, 카즈마……. 화장실 가는 걸 참아야 하는 이 절박한 상황이 즐겁게 느껴지기 시작한 나는 역시 비정상인 걸까?"

"좋아. 너는 지금부터 가능한 한 입을 다물고 있어. 최대한 말수를 줄이라고."

내가 구제할 길 없는 변태를 향해 그렇게 쏘아붙인 순간, 창고의 문 너머에서 이런 대화가 들려왔다.

『어? 메구밍, 그 부적을 몇 개나 만들려는 거야? 카즈마의 가방이 빵빵해질 만큼 만들려는 거야?』

아무래도 메구밍은 또 부적을 만들고 있나 보다.

『아니에요. 이건 다른 사람들 거예요. 이건 아쿠아 것, 이건 제 것…… 그리고, 항상 자기 몸을 방패 삼아 저희를 지켜주는 다크니스에게는 가장 튼튼하게 만들어진 걸 줄 거예요.』

메구밍이 그런 기특한 소리를 하자, 몸을 꿈틀대던 다크니스가 움직임을 멈췄다.

……지금 이 순간, 나와 다크니스의 생각은 일치했다.

그것은 바로 이 상황을 메구밍에게 들켜서 실망시키는 일만큼은 반드시 피해야 한다는 것이다.

다크니스는 그녀를 덮쳐누르고 있는 나에게 귓속말을 했다.

"……어이, 이 상황을 어떻게 할 방법은 없는 것이냐? 네 장점인 잔머리를 발휘해보란 말이다. 응?"

이 상황에서 뭘 어쩌라는 건데.

나는 사람 둘이 겨우 앉을 수 있는 좁은 창고 안에 뭔가 쓸 만한 것이 없는지 찾아봤다.

……그리고 발견했다.

내가 운이 좋다는 건 진짜인 것 같네!

"다크니스, 기뻐하라고! 좋은 걸 발견했어! 이걸로 가장 큰 문제는 해결될 거야!"

나는 밝은 목소리로 그렇게 말하면서 다크니스에게 그것을 보여줬다!

그것은 바로 주스 병이다.

"……읍! ……우읍!"

"그, 그만, 그만해! 박치기 좀 날리지 말라고!"

내가 내민 병이 마음에 들지 않는 것 같았다.

"쳇……. 잔머리를 발휘해보라고 한 건 바로 너잖아. 하아, 이래서 자존심만 센 귀족 아가씨는 문제라니깐……."

내가 별생각 없이 그렇게 말하자 다크니스는 고개를 치켜들며 외쳤다.

"네놈, 방금 뭐라고 했느냐? 나는 귀족의 긍지 때문에 이러는 게 아니다! 여자! 여자로서의 자존심 때문에 이러는 거란 말이다! 네가 시키는 대로 하면 인간이 버려서는 안 되는 무언가를 버려야 한단 말이다! 그딴 걸로 볼일을 보는 사람이 이 세상 천지에 어디에 있느냐! 이 왕변태야!"

"내가 살던 나라에서 자택을 지키던 사람 중에는, 자리를 비울 수 없는 상황이면 이것과 비슷하게 생긴 페트병으로 볼일을 보는 용사도 있었어."

"뭐?!"

우리가 그런 바보 같은 대화를 나누고 있을 때, 문밖에서는—

『저기, 메구밍. 왠지 그걸 만드는 게 엄청 즐거워 보이네. 나, 메구밍을 보고 있으니 마음이 따뜻해져.』

아쿠아는 느긋한 목소리로 그렇게 말했다.

『즐거워요. 이 부적에 소망을 담으며 만들고 있거든요. 아무도 파티에서 빠지는 일 없이, 쭉 함께 지내게 해달라는 소망을 말이에요. ⋯⋯아쿠아한테도 항상 고마워하고 있어요. 쭉 함께 지내요.』

『메⋯⋯ 메구밍! 넌 정말⋯⋯, 정말 기특한 애구나! 알았어. 어차피 천계에는 돌아갈 수 없으니까, 여신의 임무 같은 건 제쳐두고 여기서 즐겁게 살자! 돈은 카즈마가 벌어 올 거야! 그러니까! 다 같이 즐겁게 호의호식하면서 사는 거야!』

『아쿠아는 아직도 여신이니, 천계니 같은 소리를 하네요. 뭐, 계속 다 같이 함께 지낼 수만 있다면 그런 건 아무래도 상관없지만요⋯⋯.』

거실에 있는 두 사람은 그런 훈훈한 대화를 나누고 있었다.

"─그리고 전부터 생각했던 건데 말이야, 에로 귀족! 음란한 몸뚱이로 남자를 유혹하듯 색기를 흩뿌려 대면서, 왜 정조 관념은 그렇게 투철한 거야!? 농밀한 육체를 지녔는데 왜 부끄러움을 타는 거냐고! 너 대체 뭐야? 변태 밝힘증 여자인지, 순정파 소녀인지 확실하게 하라고! 색골 주제에 처녀인 이 반푼이 아가씨야!"

"좋다! 귀족의 권력을 휘두르는 건 싫지만, 너한테는 특별히 사용해주지! 귀족을 모욕한 죄로 네놈을 처형하마!"

아까까지 창고 바닥에 엎드려서 몸을 웅크리고 있던 다크니스는 현재 양손을 묶인 채 몸을 뒤집었다.

그리고 좁은 창고 안이라 도망칠 곳도 없는 나를 몇 번이나 걸어찼다.

"해봐! 어디 한번 해보라고, 이 아가씨야! 최약체 직업인 모험가에게도 이기지 못하는 크루세이더 씨, 저한테 일대일로 이길 수 없으니 아버지의 권력을 이용하려는 거군요! 이야, 라라티나 님은 정말 멋지군요커억!"

"좋다! 저 두 사람이 저택 밖으로 나가면 결투를 하자! 확 죽여버리겠어!"

"이 녀석, 귀족 영애 주제에 남의 얼굴을 발로 걸어차?! 대체 어떤 교육을 받은 거야?! 역시 귀족 아가씨는 언동도 남다르시군요!"

"아앗! 하, 하지 마라! 배를 누르지 말란 말이다! 이런 데서 내가 실례를 한다면, 너도 무사하지는 못할 거다!"

우리는 이런 긴급 사태에서도 작은 목소리로 말다툼을 벌였다.

거실에서 훈훈한 대화를 나누는 두 사람에 비해 우리가 얼마나 사람이 덜되었는지 확연하게 드러나고 있었다.

『저기, 어딘가에서 덜컹거리는 소리가 들리지 않아?』

『그런가요? 저는 아무 소리도 안 들리는데요. 그것보다 슬슬 작업을 다시 시작할까요. 식사 시간이 되기 전에 끝내고, 저녁에는 고기를 구워 먹죠. 그 두 사람도 그 즈음에는 돌아올 거예요.』

『좋은 생각이야! 여름은 바비큐의 계절이잖아! 시원한 크림슨 비어도 한 잔 걸치고 싶네! 그 두 사람이 돌아오면 요리 준비를 시켜야지!』

두 사람은 그런 훈훈한 대화를 나누면서 다시 저택 밖으로 나갔다.

그리고—.

"얕보지 말라고! 에로틱한 거 말고는 장점도 없는 이 고기방패야! 네 존재 의의를 가르쳐주마!"

"해봐라! 중요한 순간에 얼간이가 되는 근성 없는 자식아! 할 수 있으면 어디 한번 해보란 말이다!"

나와 다크니스는 원래의 목적을 망각한 채, 아쿠아와 메구밍이 저택 밖으로 나간 후에도 좁은 창고 안에서 계속 싸웠다.

—나는 거친 숨을 내쉬며 창고에서 끌어낸 다크니스를 어찌어찌 일으켜 세웠다.

"젠장, 어이없이 시간을 낭비했네……. 우리는 대체 뭘 한 거지……. 이제 됐으니까 빨리 화장실에나 다녀와. ……하아, 나는 피곤하니까 방에 돌아가서 낮잠이나 잘래."

다크니스는 지칠 대로 지친 내 얼굴을 힐끔 쳐다보고 말했다.

"하아, 나야말로 쓸데없이 시간을 낭비했구나. 빨리 잠이나 자러 가라, 이 게으름뱅이야. 나도 볼일을 본 후, 네가 건 바인드가 풀릴 때까지 방에서 얌전히 있겠다. 잘 들어라. 바인드가 풀리면 나와 진지하게 승부를 하자. 너한테 이렇게 얕보이면서 살 수는 없단 말이다."

다크니스는 그런 소리를 하고 상반신이 묶인 채로 화장실을 향해 걸어갔다.

……하아, 뭐 저런 여자가 다 있어.

이해심 많은 메구밍의 손톱 때라도 저 녀석에게 확 먹여주고 싶다. 그러면 좀 나아지려나?

나는 뒤뚱거리면서 화장실로 향하는 다크니스를 본 후 2층에 있는 내 방으로 향했다.

이윽고 내 방의 침대에 드러누운 내가 위기에서 벗어났다는 사실에 안도하며 한숨을 내쉰 순간, 누군가가 내 방의 문을 두드렸다.

……정확하게 말하자면 힘껏 걷어차고 있었다.

무슨 일인가 싶어 문을 열어본 나는 문 앞에 서 있는 인물을 보며 의아해했다.

그 사람은 금방이라도 울음을 터뜨릴 것 같은 표정을 한 다크니스였다.

아까 일이 신경 쓰여서 사과하러 온 것일까?

뭐, 자존심이 강한 이 녀석과는 시시콜콜 다투니, 딱히 사과할 필요는 없는데…….

내가 그런 생각을 하고 있을 때 다크니스는 허벅지를 비비면서 말했다.

"카, 카즈마…… 씨……. 미, 미안하지만…… 손을 쓸 수 없어서, 화장실 문을 열 수가 없어요……."

제2라운드 시작!

4

내 방에서 가장 가까운 화장실은 2층에 있다.

이곳이라면 메구밍과 아쿠아가 느닷없이 돌아오더라도 현관에서 꽤 떨어져 있으니 대처하기 쉬우리라.

"서, 서둘, 서둘러라! 큰일 났다! 진짜로 큰일 났단 말이다!"

다크니스는 울먹거리면서 재촉했다.

다크니스의 말은 화장실의 문을 빨리 열라는 소리다.

……방금 그렇게 다투었으니 좀 더 궁지에 몰아넣고 싶었다.

"뭐가 그렇게 큰일이 난 것인지 자세하게 이야기해줘."

화장실 문 앞에서 몸을 배배 꼬던 다크니스는—.

"너너너너, 너, 너란 녀석은 정말……! 이럴 때에 이런 플레이를 하다니, 너는 정말 내 취향을……! 크윽, 내가 잘못했다! 잘못한 걸 인정할 테니 문을 열어다오! 지금은 이런 플레이를 즐길 여유가 진짜로 없단 말이다!"

금방이라도 울음을 터뜨릴 것 같은 얼굴로 미묘하게 거친 숨을 내쉬고 있었다.

"어쩔 수 없네. 아, 그래도 네가 볼일을 보고 나면 결투를 하기로 했었지…… . 으음, 결투 걱정 때문에 문손잡이를 쥔 손에 힘이 들어가지 않는 걸……."

내가 그런 소리를 하며 계속 괴롭히자, 다크니스는ㅡ.

"…………홀쩍…………."

"잘못했어! 내가 잘못했으니까 울지 마! 어이, 네가 울면 괜히 내가 잘못한 것 같잖아! 진짜 약아빠졌네!"

다크니스의 볼을 타고 눈물 한 방울이 흘러내렸고 나는 허둥지둥 문을 열어젖혔다.

하지만ㅡ.

"……이제 됐다. 확 이 자리에서 실례를 해버리고, 메구밍과 아쿠아에게 울면서 매달리겠다."

"잘못했어! 내가 진짜로 잘못했다고! 괜한 짓을 해서 미안해! 사과할 테니까 용서해줘!"

다크니스가 당치도 않은 소리를 하자 나는 울상을 지으면서 문을 활짝 열고 옆으로 비켜섰다.

양손이 묶인 다크니스가 화장실에 들어간 뒤 나는 문을 닫고 한숨을 내쉬었다.

이제 괜찮을 것이다.

"어, 어이, 카즈마! 속옷! 소, 속옷을 벗을 수가 없다! 아아, 젠장, 정말…… 어떻게 하지……?!"

바로 그때, 화장실 안에서 울먹거림이 섞인 다크니스의 목소리가 들려왔다.

맙소사. 비상사태라는 이름의 대의명분이 생기고 말았다.

"좋아, 나만 믿어. 내가 팬티를 벗겨줄게."

내가 그렇게 말하며 화장실의 문을 열자 다크니스는 허둥지둥 이렇게 외쳤다.

"자, 잠깐만 기다려라! ……으으, 젠장! 어쩔 수 없구나……. 어이, 카즈마. 하다못해 화장실 창문에 달린 커튼을 쳐다오! 그러면 화장실 안이 어두워질 거다……!"

아하, 그런 방법이 있구나.

하지만—.

"천리안 스킬을 가지고 있어서 정말 죄송합니다……."

"아아아앗! 정말 너라는 녀석은 왜 이렇게 편리한 것이냐! 이러니까 중요할 때에 항상 의지하게 되지 않느냐! 정말 고맙다!"

완전히 패닉 상태에 빠진 다크니스는 느닷없이 울먹거리더니 될 대로 되라는 투로 나에게 고맙다고 말했다.

아무래도 진짜로 한계에 도달한 것 같았다.

바로 그때, 다크니스는 좋은 아이디어가 떠오른 것처럼 환한 표정을 지었다.

"스틸! 카즈마, 화장실 문 너머에서 나에게 스틸을 써라! 네 성희롱 같은 스틸이라면 내 속옷만 벗기는 게 가능할 거다! 속옷을 너한테 보여주는 건 싫지만, 네가 직접 내 치마 안에 손을 집어넣어서 속옷을 벗기는 것보다는 낫다!"

오오, 그것은 꽤 좋은 생각이다.

하지만—.

"아까 너한테 전력을 다해 바인드를 쓴 데다, 그나마 남아 있던 마력을 탈탈 털어서 프리즈를 쓰는 바람에 마력이 완전히 바닥났습니다."

"아까 내가 말한, 「중요할 때에 항상 의지하게 되지 않느냐」와 「정말 고맙다」라는 말을 취소하겠다! 아아, 정말! 아아, 정말! 아아, 정말······!!"

결국 내가 속옷을 약간만 내려준 후 다크니스가 화장실의 벽을 이용해 자력으로 속옷을 벗는 작전을 감행하게 되었다.

화장실 안에서 들려오는 옷깃 스치는 소리가 엄청 신경 쓰였지만 더는 이곳에 있을 필요도 없을 것이다.

내가 이 자리를 벗어나려고 하자—.

"카, 카즈마! 카즈마, 잠깐 기다려라! 나, 나오지를 않는다······! 어, 어쩌지?! 나오지를 않는단 말이다······!"

다크니스가 고통에 찬 목소리로 그렇게 말했다.

저기, 나보고 뭘 어쩌라는 거냐고.

너무 볼일을 참은 탓에 다크니스의 신체 일부가 고장 나버린 걸까?

아무튼, 이 상황에서 내가 할 수 있는 거라면······!

나는 경쾌하게 손뼉을 치면서 말했다.

"힘내라, 힘내라, 다, 크, 니스~. 힘내라, 힘내라, 다, 크,

니스~."

"바보, 너는 왜 항상 요 모양 요 꼴인 것이냐! 종이! 화장실 종이가 롤에서 나오지를 않는단 말이다!"

아하, 그렇구나. 완전 오해했잖아.

이 세상에서 화장실 종이로 쓰이는 것은 낡은 천이나 표면이 거친 종이다.

이 세계는 종이의 가격이 꽤 비싸다.

일부 부자들이나 화장실에서 휴지를 사용한다고 한다.

종이를 줘봤자 양손이 묶였기 때문에 쓸 수 없을 거라는 생각이 들었지만 나는 일단 화장실 안에 있는 다크니스를 향해 이렇게 말했다.

"그럼 연다~!"

"카즈마, 대체 지금 뭘 하고 있는 거죠?"

어느새 메구밍과 아쿠아가 화장실 입구 앞에 서 있었다.

"—정말 바보군요······. 오랫동안 알고 지냈으니, 이 정도 일로 오해하지는 않는다고요."

어떻게 된 일인지 간단히 설명해줬을 뿐인데도 전부 이해한 메구밍이 어이없다는 투로 그렇게 말했다.

이 빠른 이해력과 지성을 다른 두 사람이 본받았으면 좋겠다.

다크니스는 그런 메구밍을 보더니 몸을 웅크리면서 중얼거렸다.

"으으…… 미안하다……."

메구밍은 그 말을 듣고ㅡ.

"그리고 말이죠."

다크니스, 그리고 아쿠아에게 부적을 건네줬다.

"이렇게 어이없는 일로 시끌벅적하게 떠들어대는 편이 저희답잖아요."

메구밍은 그렇게 말한 후 기쁨에 찬 미소를 지었다.

그런 메구밍을 본 다크니스와 나도 덩달아 미소를 지었다.

그런 훈훈한 분위기는 여전히 눈치 없는 아쿠아의 말에 의해 꽁꽁 얼어붙었다.

"그런데, 제때에 볼일은 본 거야?"

사실 나도 그 점이 신경 쓰였다.

5

그날 밤.

"아직 멀었나……."

나는 방에서 메구밍이 찾아오기만을 이제나저제나 하면서 기다리고 있었다.

항상 방해만 해대는 아쿠아에게는 꽤 비싼 술을 사줬다.

다크니스에게는 일부러 사 온 고품질 마나타이트로 강력하기 그지없는 바인드를 건 후 방에 가둬뒀다.

얼굴을 새빨갛게 붉힌 채 「이 플레이의 요금은 대체 얼마냐?」 같은 엉뚱한 소리를 하며 몸을 배배 꼬는 걸 보면 내일 아침까지는 꼼짝도 못 할 것이다.

내가 안절부절못하며 기다리고 있을 때 차분한 노크 소리가 들려왔다.

"카즈마, 방에 있나요?"

"으_으, 응! 드드드, 들어와!"

긴장한 탓에 목소리가 갈라졌지만 그건 메구밍도 마찬가지였다.

베개 대신인지 꼼짝도 않는 춈스케를 가슴에 꼭 안은 메구밍이 내 방에 들어오더니 마른침을 삼켰다.

"시, 실례할게요. ……그러고 보니 이런 시간에 카즈마의 방에 온 건 처음이네요."

"그, 그러고 보니 그러네! 1년 넘게 한집에서 살고 있는데 말이야!"

메구밍은 본론에 들어가지 않은 채 내 방을 계속 둘러보았다.

내 방에 관심을 가지는 것은 좋지만, 옷장 위에 둔 장식품 안에 있는 것을 발견하기라도 하면 곤란하니 만지지는 말아

줬으면 좋겠다.

왠지 평소보다 차분하지 못한 메구밍은 잠시 동안 침묵을 지키고 있었다.

"이런 시간에 카즈마를 찾아온 건 전에 말한 중요한 이야기를 할까 해서예요……."

이윽고 각오를 다진 메구밍이 춈스케를 안은 손에 힘을 줬다.

메구밍은 축 늘어진 춈스케를 곁눈질하며 볼을 붉히더니 붉게 빛나는 눈동자로 나를 쳐다보며 말했다!

"그 중요한 이야기란 바로……."

"그 중요한 이야기란 바로?!"

나는 마른침을 삼키며 무심코 메구밍을 향해 얼굴을 내밀었다.

"너, 너무 가깝잖아요, 카즈마! 좀 기다려주세요. 그렇게 안달복달하지 않아도 된다고요!"

"안달복달한 적 없어! 그리고 거리 같은 건 신경 쓰지 말고 하던 이야기나 계속해!"

내가 재촉을 하자—.

"중요한 이야기란……! 바, 바로 말이죠! 이, 이 애에 관한 거예요!"

메구밍은 그렇게 말하면서 나를 향해 안고 있던 춈스케를 내밀었—.

"……뭐?"

"카즈마에게만, 이 애의 정체를 알려줄까 해요!"

잠깐……!

"야 이 겁쟁이야! 이 상황에서 무슨 소리를 하는 거야?! 나보고 항상 겁쟁이, 얼간이, 치킨 자식이라고 했으면서, 너도 끝내주는 겁쟁이네!"

"치, 치킨 같은 소리는 한 적이 없거든요?! 그리고 제가 카즈마에게 해주려던 건 진짜로 이 애에 관한 이야기예요!"

"거짓말쟁이! 메구밍은 거짓말쟁이! 너, 실은 달콤쌉싸름한 이야기를 하러 온 거잖아! 이렇게 나를 기대하게 만들어 놓고 말 돌리지 말라고!"

메구밍은 얼굴을 새빨갛게 붉히더니 나를 향해 춈스케를 쑥 내밀며 말했다.

"실은 말이죠. 이 애는 평범한 고양이가 아니에요."

"그건 나도 알아! 나, 이 녀석이 불을 뿜거나 날아다니는 모습을 본 적이 있거든!"

"……무슨 소리를 하는 거예요? 이 애는 고양이가 아니지만, 그래도 불을 뿜거나 날아다니지는 못해요."

"예전부터 몇 번이나 말했지만, 나는 똑똑히 봤다고! 어이, 나를 불쌍한 사람 보듯 쳐다보지 마! 하아, 정말! 그딴 건 아무래도 상관없어!"

그렇다. 지금 중요한 것은 정체불명의 고양이가 아니라,

나를 향한 메구밍의 마음이다.

"자, 나한테 밝혀야 할 게 하나 더 있지?! 용기를 쥐어짜
내서 빨리 말해봐!"

"으으……."

메구밍이 문 쪽을 향해 뒷걸음질 치자 나는 그녀에게 다
가갔다.

"자, 빨리 말해! 솔직히 이미 절반 정도는 말한 거나 다름
없다고! 나한테 몇 번이나 좋아해요, 사랑해요 같은 소리를
했었으니까 말이야!"

"사랑한다는 말은 아직 한 적 없거든요?! 멋대로 확대 해
석하지 마세요!!"

얼굴이 벌게진 메구밍의 눈동자가 붉은색으로 빛났다. 아
무래도 궁지에 몰리는 바람에 감정이 격해진 것 같았다. 그
녀는 그 상태에서 무슨 말을 하려다 말았다.

이윽고 메구밍은 안고 있던 춈스케를 나에게 떠넘기더니―.

"낮에 다크니스와 그런 짓을 해놓고, 그런 소리를 하는 건
가요?! 정말 지조가 없군요! 오늘은 이 애와 같이 자세요!"

메구밍은 화를 내며 그렇게 말하고 내 방에서 뛰쳐나갔다.

저 녀석, 낮에는 개의치 않는다고 했으면서 실은 좀 신경
이 쓰였던 건가?

그리고 오늘은 춈스케와 같이 자라는 말은, 춈스케 이외
의 누군가와 같이 자는 날이 올지도 모른다는 뜻으로 받아

들여도 되려나?

　아니, 그것보다……!

"또 내 기대를 이딴 식으로 배신하는 거냐아아아아앗!"

제2장 이 변함없는 모험가들에게 성장을!

1

".........."

무릎을 끌어안은 채 부드러운 융단 위에 앉아 있는 아쿠아가 나를 쳐다보았다.

이 녀석은 이른 아침부터 왜 저러고 있는 걸까.

메구밍이나 다크니스와의 관계로 봐서 요즘 들어 봄날이 찾아온 것 같은 나에게, 드디어 이 녀석마저 함락되고 만 것일까.

저게 바로 반한 남자를 쳐다보는 여자의 눈빛이라는 걸까?

나는 거실 소파에 느긋하게 앉으면서 아쿠아에게 말했다.

"……왜 나를 그렇게 뚫어져라 쳐다보는 거야? 아, 이걸 원하는 거야? 아쿠아도 마실래?"

나는 그렇게 말하면서 들고 있던 샴페인 같은 액체를 단숨에 전부 들이켰다.

크림슨 비어의 슈와슈와~ 하는 느낌과는 다른 샤와샤와~ 하는 느낌이 나는 음료였다.

아쿠아의 말에 따르면 이건 상당한 고급술인 것 같지만 나는 어째서 이 술이 고급인 건지 알 수 없었다.

그래도 아침부터 이렇게 비싼 술을 마시는 건 인생의 승리자만이 누릴 수 있는 특권 아닐까?

한편, 그런 나를 지그시 쳐다보던 아쿠아는 이렇게 말했다.

"……축제가 끝난 다음부터 카즈마가 완벽한 인간 말종이 되어버린 것 같아서."

어이쿠, 반한 남자를 쳐다보는 눈빛이 아니라 인간 말종을 쳐다보는 눈빛이었군요.

하지만 나는 그런 말에 동요하지도, 화를 내지도 않았다.

젊은 나이에 평생 쓸 거금과 저택을 손에 넣은 남자의 여유 덕분이다.

"어이, 아쿠아. 너 지금 무슨 소리를 하는 거야? 우리는 인생의 승리자잖아? 격에 맞는 생활을 하는 게 뭐 어때서? 은행에 거금을 맡겨뒀으니, 앞으로는 이자만으로도 먹고살 수 있다고. 이제 와서 노동 같은 바보짓을 왜 해? 내킬 때나 모험을 하고, 그 외에는 마구 놀아재끼면서 살자고."

내가 그렇게 말하니 아쿠아는 그렇구나, 라고 중얼거렸다.

그리고 테이블 위에 놓인 내 샴페인을 향해 손을 뻗었다.

"듣고 보니 맞는 말이네. 그럼 나도 고급 네로이드 칵테일 좀 맛볼게."

"……그거, 샴페인 아냐?"

"네로이드 칵테일이야. 이 세계에는 탄산이 없어. 샤와샤와~하는 느낌이 나는 음료에는 네로이드가 들어 있다고 생각하면 돼."

아쿠아는 그렇게 말하면서 잔을 가지러 갔다.

그런 아쿠아와 교대하듯 다크니스와 메구밍이 거실에 왔다.

……참고로 두 사람 다 모험을 떠나려는 듯한 복장을 하고 있었다.

다크니스는 갑옷을 걸쳤으며 메구밍 또한 애용하는 지팡이를 쥐고 있었다.

그 모습을 본 나는—.

"1일 1폭렬을 하러 가는 거야? 조심해서 다녀와~. 그리고 나중에 돈 줄 테니까 저녁밥 좀 사다 줄래? 밤에는 좀 기름진 게 먹고 싶네."

……소파에 드러누운 채 그 두 사람을 향해 그렇게 말했다.

메구밍과 다크니스는 그런 나를 지그시 쳐다보았다.

이번에야말로 반한 남자를 쳐다보는 여자의 눈빛이 틀림없다.

"……다크니스, 일도 안 하고 아침부터 술만 퍼마시는 이 남자를 어떻게 할까요?"

"……확 내다 버리는 편이 좋지 않을까?"

어?

……아무래도 또 틀린 것 같았다.

저건 정나미가 떨어진 남자를 쳐다보는 눈빛이군요.

나는 소파 위를 데굴데굴 굴러다니면서 그 두 사람을 향해 말했다.

"어이. 나는 말이지, 이제 일을 해봤자 아무런 의미가 없어. 인간은 왜 일을 하지? 그건 돈을 벌어서 생활을 하기 위해서야. 하지만 나는 평생 쓰고도 남을 거금을 벌었어. 그렇다면 남은 인생을 유유자적하게 살아도 문제 될 게 없잖아? 딱히 남에게 폐를 끼치는 것도 아니니까 말이야."

나는 그렇게 말하고 안주 삼아 테이블 위에 놔둔 깍지콩을 씹어 먹었다.

다크니스는 그런 나를 보더니 땅이 꺼져라 한숨을 내쉬었다.

"한심하기 그지없구나……. 거금을 벌었으니 이제 일을 안 하겠다고? 이 세상의 모든 사람들이 그런 생각을 가지고 있다면 세상은 제대로 굴러가지 않을 거다. 설령 일을 할 필요가 없을 만큼 돈이 많더라도, 이 세상에 공헌을 해야 인간으로서의 소임을 다했다고 할 수 있지."

나는 그런 멋들어진 소리를 하는 다크니스를 향해 말했다.

"너희 같은 귀족과 별반 다르지 않은 삶을 살고 있을 뿐이라고."

"무, 무례한 놈! 귀족을 바보 취급하지 마라! 너희 눈에는 아무것도 하지 않는 것처럼 보일지도 모르지만, 귀족들은 백성들이 평온하게 살 수 있도록 분골쇄신하고 있단 말이다. 너는 백성들에게 도움이 될 능력을 지녔지 않느냐. 돈을 위해서가 아니라 사랑하는 사람을 위해 일을 한다고 생각해보는 것은 어떠냐? 인간에게 해를 끼치는 몬스터를 쓰러 뜨리는 게, 여기서 데굴거리는 것보다……."

나는 뭔가 멋진 말을 늘어놓고 있는 다크니스에게 등을 보이며 돌아누운 후 소파 등받이에 얼굴을 묻고 하품을 했다.

"앗!"

다크니스가 그 모습을 보고 고함을 질렀지만 나는 개의치 않았다.

평생 귀족으로서 살아온 다크니스는 자신이 열변을 토하고 있을 때 이런 태도를 취하는 사람을 오늘 처음 봤으리라.

내 이름은 사토 카즈마.

권력에 굴하지 않는 남자.

권력자에 속하는 다크니스가 일하라고 한다면 그 말에 단호하게 맞서는 것이 내 사명이다.

내 태도를 보고 화가 난 듯한 다크니스가 소파를 향해 뚜벅뚜벅 걸어왔다.

그리고 내 상의의 등 부분을 잡아당겼다.

"카즈마, 잔말 말고 같이 가자. 매일같이 이렇게 집 안에서 데굴거리다간 몸이 둔해질 거다. 우리와 함께 토벌을…… 이, 이 자식! 빨리 소파를 놔라! 저항하지 말란 말이다!"

나는 소파에 찰싹 달라붙어서 저항했고 다크니스는 본격

적으로 나를 소파에서 떼어놓으려 했다!

바로 그때, 메구밍이 다크니스를 말렸다.

"다크니스. 진정하고 저한테 맡겨주세요. ……저기, 카즈마? 때로는 카즈마가 활약하는 모습을 보고 싶어요. 여차할 때 믿음직한 당신의 멋진 모습을 저에게 보여주지 않겠어요?"

메구밍은 소파에 찰싹 붙어 있는 나를 향해 몸을 숙이더니 상냥한 미소를 입가에 머금으며 그렇게 말했다.

나는 그런 메구밍을 힐끔 쳐다본 후—.

"…………."

다시 소파 쪽으로 고개를 돌리고 소파를 잡은 손에 더욱 힘을 줬다.

"어?!"

메구밍은 그런 나를 보고 약간 충격을 받은 것 같았다.

내 이름은 사토 카즈마.

한순간의 정에 휩쓸려 본질을 놓치지 않는 남자.

요즘 들어 메구밍과 꽤 좋은 분위기가 됐지만 그래도 그녀의 말에 따를 수는 없다.

오늘은 술 좀 퍼마시고 해가 질 때까지 낮잠을 잔 다음, 저녁을 먹은 뒤 밤놀이를 하러 가는 빡빡한 스케줄을 세워뒀기 때문이다.

나는 소파에 한사코 매달린 채 두 사람을 힐끔 쳐다보며 말했다.

"……몬스터는 인간에게 해를 끼치니 보이는 대로 죽인다. 그리고 인간에게 이익을 안겨주는 생물은 살려둔다. 나는 그런 거만한 사고방식이 싫어. 인간은 똑똑한 생물이야. 우리는 그들에게 더욱 상냥해질 수 있어. 너희도 어릴 적에 지니고 있던 상냥한 마음을 다시 떠올려봐."

나는 두 사람에게 그렇게 말하면서 깍지콩을 하나 입에 넣은 후 다시 소파 등받이를 향해 돌아누웠다.

"그, 그러는 너도 빚더미에 올라앉았을 때는 혈안이 되어서 짭짤한 몬스터를 퇴치하러 다녔지 않느냐! 이럴 때만 그런 미사여구를 늘어놓지 말란 말이다!"

"맞아요! 요즘 들어 손쉽게 레벨을 올릴 수 있는 고급 식재료인 파오리를 즐겨 먹는 인간이 이제 와서 무슨 소리를 하는 거예요?! 다크니스, 다리를 잡으세요! 억지로 소파에서 떼어내죠!"

다크니스는 내 다리를 잡고 메구밍은 내 등에 찰싹 달라붙더니 허리를 꼭 끌어안았다.

나는 등을 통해 메구밍의 체온을 느끼면서 말했다.

"어이, 가슴 감촉이 느껴지게 내 등에 몸을 더 밀착시키라고. 그러면 소파를 잡고 있는 손에서 힘이 빠질지도 몰라."

"최악이에요! 역시 이 남자는 최악이라고요! 다크니스, 이 남자를 로프로 묶어서 길드까지 질질 끌고 가죠!"

"그, 그냥 확 이 남자를 내다 버리는 편이 좋지 않을까……?"

두 사람이 그런 이야기를 하면서 나를 소파에서 떼어내려고 할 때였다.

아쿠아가 투명한 잔과 간단한 안주거리, 그리고 라임 같은 것이 담긴 접시가 놓여 있는 쟁반을 들고 거실로 돌아왔다.

"……또 새롭게 개발한 참신한 게임이라도 하고 있는 거야? 나도 같이 하게 그 게임의 룰을 가르쳐줘."

"그런 게 아니다! 지금부터 다 같이 토벌 퀘스트를 하러 가자는 이야기를 하던 참이다. 하지만 카즈마가 가기 싫다면서 응석을 부렸……. 아쿠아, 너까지 이 남자에게 물들지 마라……."

다크니스는 아쿠아가 들고 온 쟁반을 보더니 난처한 표정을 지었다.

……물들기는 무슨. 아쿠아는 옛날부터 이랬다고.

아쿠아는 고개를 갸웃거리면서 접시 위에 있던 라임을 입에 넣었다. 그리고 시큼한지 인상을 찡그리며—

"흐음? 뭐, 나는 가줄 수도 있어. 하지만 축제 이후로 망할 백수의 본성을 여지없이 발휘하는 카즈마를 데리고 가는 건 어려울 거야. 그냥 아무짝에도 쓸모없는 최약체 직업인 카즈마 씨는 내버려 두고 우리끼리 가는 게 좋지 않을까?"

……한 귀로 흘려들을 수 없는 발언을 입에 담았다.

나는 아쿠아가 별생각 없이 한 그 말을 듣고 몸을 일으켰다.

"……흐음, 상급 직업이신 아쿠아 님께서 말 하나는 꽤 번지르르하게 하시는군요. 상식적으로 생각해볼 때, 우리 파티에서 가장 강한 사람은 나잖아? 그런 나를 아직도 최약체 직업이라고 부르는 겁니까? 파티 안에서 맡은 역할이 다르니까 누가 더 강한지 비교하는 건 의미 없는 짓이지만, 약해빠진 상급 직업 님한테 그런 말을 들으니 완전 뚜껑 열리겠는데요?"

나는 이 점을 명확하게 해줘야겠다고 생각하며 그렇게 말했다.

아쿠아는 시큼해 보이는 라임을 또 입에 넣고 말했다.

"어머, 카즈마는 자기가 우리 중에서 가장 강하다고 생각하는 거야? 확실히 카즈마가 익힌 스킬은 여러모로 편리해. 드레인 터치를 사용하면 다크니스를 손쉽게 무력화시킬 수 있을 거야. ……하지만 잊은 거야? 드레인 터치 같은 리치 스킬은 내가 방심했을 때나 겨우 통하거든? 그런데도 카즈마가 나를 어찌할 수 있을 거라고 생각해?"

"무슨 소리를 하는 것이냐. 나도 그렇게 약하지는 않다. 요즘에는 드레인 터치나 마법 공격에 대처하기 위해 상태 이상 내성과 마법 방어력을 상승시키는 스킬을 습득하고 있지."

아쿠아는 입안에 있는 라임을 혀로 굴리면서 그런 도발을 했다.

이 도발에 넘어가는 것은 바보짓이다.

바보짓이지만, 나는 이 말을 할 수밖에 없었다.

"어이, 아쿠아. 나라는 남자의 무기가 드레인 터치뿐이라고 생각하지 마. 튼튼하기만 하지 공격을 명중시키지 못하는 다크니스 따위는 애초부터 내 상대가 못 될 정도로 이 카즈마 님은 다재다능하다고. 다양한 마법과 스킬을 지닌데다, 적과 거리를 뒀을 때는 저격을 하고 근접했을 때는 검으로 공격하지. 너, 진짜로 나한테 이길 수 있다고 생각하는 거야?"

"어, 어이! 나도 공격은 맞추지 못해도 체력과 방어력만큼은 자신이 있다! 장기전으로 몰고 가면 너와 대등하게 싸울 수 있단 말이다……!"

내가 그렇게 말하자 아쿠아의 눈썹이 꿈틀거렸다.

그리고 들고 있던 쟁반을 테이블에 내려놓으며 입을 열었다.

"어머 어머, 아무래도 카즈마 씨는 착각을 하는 것 같네. 분명 내 직업은 아크 프리스트야. 하지만 뛰어난 스테이터스 덕분에 마법사 이외의 그 어떤 직업도 다 될 수 있었던 여자거든? 검 좀 써? 활 좀 써? 내가 나에게 지원마법을 걸고 너한테 달려든다면, 카즈마는 1분도 버티지 못할 걸? 아, 맞다……."

아쿠아는 기나긴 푸른색 머리카락을 쓸어 넘기며 자신만만한 목소리로 말을 이었다.

"그러고 보니 바인드라는 스킬도 익혔다면서? 하지만 유감스럽게도 말이야. 그런 약아빠진 수는 다크니스한테나 통할걸? 나는 그 어떤 마법이나 스킬도 강제로 풀어버리는 브레이크스펠이라는 마법을 쓸 수 있어. 그리고 이래 봬도 나는 카즈마와 꽤 오래 같이 다녔거든? 그러니 너의 약아빠진 수가 통하지 않는단 말이야."

"어, 어이…… 확실히 나는 바인드에 걸리면 그대로 제압당한다. 하지만……. 그것보다 아쿠아. 네가 방금 한 말이 사실이라면 내가 저번에 바인드에 걸려서 고생할 때, 바로 그 마법을 써줬으면 됐을 것 같다만……."

아쿠아는 자신만만한 표정으로 그렇게 말한 뒤 웃었고 나는 딱 잘라 말했다.

"……좋아. 그럼 승부를 해볼까?"

내가 그렇게 말했을 때, 살짝 볼을 붉힌 채 침울해진 다크니스의 어깨를 메구밍이 가볍게 두드려줬다.

2

나는 오래간만에 모험가 길드에 왔다.

대체 얼마 만에 이곳에 얼굴을 비치는 걸까.

곳곳에 아는 이들이 있었고 그들은 나와 시선이 마주치자 한 손을 가볍게 들어 인사를 해 왔다.

나는 대낮부터 테이블에 엎드려 술주정을 부리는 금발 양아치의 옆을 지나치고 의뢰서가 붙어 있는 게시판 앞에 섰다.

내 옆에 선 아쿠아는 게시판을 노려보면서 승부에 걸맞은 사냥감이 없는지 찾고 있었다.

우리 둘이 직접 싸울 수는 없기에 몬스터의 토벌 숫자를 통해 누가 더 강한지 결판을 내기로 했다.

메구밍은 심판을 맡았다.

아쿠아는 무기가 없으니 불리할 것 같아서 덤으로 다크니스를 붙여줬다.

참고로 덤 취급을 당한 다크니스는 울상을 지었다.

토벌 숫자로 경쟁하기로 했으니 개체수가 많은 몬스터가 좋을 것이다.

지금은 번식기가 아니라서 지상으로 나온 개구리는 적었고 그나마 지상으로 나온 녀석들도 발견되자마자 바로 사냥당하는 실정이다.

그렇다면 다른 적당한 퀘스트를―.

바로 그때, 옆에서 아쿠아의 소리가 들려왔다.

"……암수 한 쌍의 만티코어 토벌. 바위산에 둥지를 튼 아종(亞種) 와이번 쫓아내기……. ……하나같이 임팩트가 부족하네……."

무슨 일이 있어도 퀘스트는 내가 정해야겠다.

바로 그때, 어떤 의뢰서가 눈에 들어왔다.

『초보자 킬러와 고블린 토벌.』

─그것은 우리와 여러모로 악연이 있는 몬스터, 초보자 킬러를 해치우라는 의뢰다.

초보자 킬러를 쓰러뜨리면 중견 모험가로 불릴 수 있을 만큼 강적이며 내가 고전했던 상대이기도 했다.

우리는 이제 풋내기라고 할 수 없는 레벨이 되었다.

그리고 초보자 킬러보다 더 무시무시한 강적과도 싸워왔다.

리벤지를 하자.

우리는 베테랑 모험가라고 해도 과언이 아니지만 아직 초보자 킬러에게 이긴 적이 없었다.

나는 그 종이를 떼어서 다른 이들에게 보여줬다.

그러자 세 사람 모두 질색하는 표정을 지었다.

이 녀석들에게도 초보자 킬러는 트라우마인 것 같았다.

내가 다른 파티에 임시로 들어가며 잠시 이 파티에서 빠졌을 때, 그녀들은 겨우겨우 목숨만 부지하며 초보자 킬러에게서 도망친 적이 있었다.

"이 녀석은 고블린이나 코볼트 같은 약해빠진 몬스터 무리를 이용해 풋내기 모험가를 유인한다면서? 이 녀석이 지키고 있는 졸개 몬스터, 고블린을 더 많이 토벌한 사람이 승자인 걸로 하자. 그리고…… 초보자 킬러를 쓰러뜨리면 대량 득점인 걸로 하면 어때? 우리도 이제 베테랑 모험가잖아. ……슬슬 이 녀석을 쓰러뜨리자고."

내가 그렇게 말하자─

세 사람은 자신만만한 미소를 지었다.

─우리는 초보자 킬러가 목격된 장소에 도착했다.

그곳은 마을에서 꽤 떨어진 숲속이다.

삼림이라고 할 만큼 나무가 우거지지는 않은 그 장소에 무장한 소형 도깨비 집단, 고블린이 나타났다고 한다.

그리고 초보자 킬러가 그 무리를 지키듯 주위를 어슬렁거린다는 것 같았다.

약해빠지고 짬짤한 몬스터를 풋내기 모험가들을 낚기 위한 미끼로 이용하는 그 교활한 몬스터는 현재 자리를 비운 것 같았다.

"고블린들이 있네! 저 정도 상대라면 내 갓블로로 한 방에 보내버릴 수 있어!"

아쿠아가 말한 것처럼 숲속에서는 고블린이 먹을 것을 찾는지 나무뿌리 부분을 파서 감자 같은 것을 캐거나, 가지에 달린 조그마한 열매를 막대로 때려서 떨어뜨리고 있었다.

우리는 수풀 속에서 그 광경을 확인한 뒤 고블린 무리에게 서서히 접근했다.

하지만 고블린은 세 마리밖에 되지 않았다.

나는 자신감이 넘치는 아쿠아를 향해 말했다.

"너, 예전에는 개구리한테 대미지도 못 입히고 그대로 잡아먹혔잖아."

"개구리는 그 통통한 몸이 타격 공격을 흡수해. 매사에는 상성이라는 게 있거든? 카즈마는 그런 것도 모르는 거야? 바보지?"

내가 그런 소리를 늘어놓는 아쿠아의 볼을 꼬집어서 울상을 짓게 만들었을 즈음, 고블린들이 우리를 발견한 것 같았다.

젠장, 바보 같은 짓을 하며 떠들어댄 바람에 들켰잖아.

고블린 중 두 마리는 무장을 한 우리를 보더니 겁먹은 것처럼 몸을 웅크렸다.

그리고 다른 한 마리는 귀에 거슬리는 괴성을 지르면서 시끄럽게 떠들어댔다.

어쩌면 동료를 부르려는 것인지도 모른다.

초보자 킬러가 오기 전에 처리하는 편이 나을 것이다.

내가 그런 생각을 하고 있을 때, 메구밍이―.

"그럼 고블린 토벌을 시작해주세요!"

―라고 말하며 물러섰다.

"잘 봐, 카즈마! 고블린 세 마리 정도는 내가 혼자서 해치워버리겠어!"

희희낙락하며 그렇게 외친 아쿠아는 고블린들을 향해 돌진했다.

아쿠아의 몸이 희미하게 빛나고 있는 것은 자신에게 지원마법을 걸었기 때문이리라.

다크니스는 묵직한 갑옷을 덜컹거리면서 필사적으로 아쿠

아를 쫓아갔다.

나는 그런 두 사람을 보며 활에 화살을 메긴 다음……!

슈웅~!

""앗!""

돌격을 한 아쿠아가 공격하려던 고블린의 머리를 저격했다.

돌격을 하던 아쿠아와 다크니스가 그 광경을 보고 놀란 사이—.

"끼익?!"

"갸윽?!"

고블린은 20미터 정도 떨어진 거리에 있었고 이 거리에서 저격 스킬을 사용하여 화살을 날리면 빗나갈 리가 없다.

나는 아쿠아와 다크니스가 다가가기 전에 고블린 세 마리를 일찌감치 해치웠다.

"카즈마! 내가 공격하려던 고블린을 네가 먼저 해치워버리면 어떻게 해!"

아쿠아는 나에게 따졌다.

"너희가 쓰러뜨리려는 적을 내가 먼저 해치워버리면 나는 절대 지지 않는다 작전입니다."

아쿠아와 다크니스가 동시에 외쳤다.

""비겁해!""

—나는 우거진 수풀 사이를 내달렸다.

"저쪽이야! 방금 저쪽에 그림자가 비쳤어! 반드시 카즈마를 찾아내고 말 거야!"

등 뒤에서 들려오는 그 말을 들으며⋯⋯.

"우리가 노리는 사냥감만 가로채다니! 나도 열받았다! 이 자식, 정정당당하게 승부를 하란 말이다!"

나는 나무 사이를 정처 없이 돌아다녔다.

현재 성적은 내가 여덟 마리를 잡았고 다른 두 사람은 한 마리도 잡지 못했다.

잠복 스킬을 사용하며 두 사람을 졸졸 따라다니다가 그녀들이 고블린을 유인하면 나는 안전한 장소에서 저격을 했다.

내가 이렇게 완벽한 작전을 사용하자 제대로 열 받은 두 사람이 나를 쫓아다니고 있었다.

승부에서 이길 수 없다고 실력행사를 하려고 하다니 정말 비겁한 녀석들이다.

무거운 갑옷을 입은 다크니스를 내가 떨쳐낼 수 없는 것은 아쿠아가 그녀에게 지원마법을 걸어줬기 때문이리라.

평소에는 몰랐는데 지원마법을 쓰는 자를 적으로 돌리니 많이 성가셨다.

잠복 스킬을 펼친 채 도망 다니던 나는 마법으로 지면에 물을 뿌린 후 그걸 얼렸다.

그리고 일부러 잠복 스킬을 일시적으로 풀었다.

실로 원시적이고 단순한 함정이지만—.

"앗, 카즈마가 저기 있어! 가만히 서 있는 걸 보니, 드디어 포기…… 꺄앗!"

"차, 찾았다, 카즈마! 하아……, 하아……. 이, 이번에야말로 너한테 한 방 먹여주…… 으윽!"

두 사람은 그대로 얼음 위에서 미끄러졌고—.

"꼴 좋다아아아아아앗!"

그 모습을 본 내가 끼얏호~ 하고 환성을 지르자 아쿠아가 벌떡 일어서며 말했다.

"다크니스, 저 남자를 둘이서 포위하자! 그리고 자근자근 밟아주는 거야!"

아쿠아의 말을 듣고 얼어붙은 지면 위에서 비틀거리며 몸을 일으킨 다크니스는—.

"……필사적으로 쫓아다니는데도 이렇게 일방적으로 희롱당하다니……. 확실히 분하기는 하지만, 뭐랄까……. 이런 것도 나쁘지 않다고 생각하는 나는 좀 이상한 걸까……."

많이 이상하다고 생각합니다.

"……하아, 대체 뭘 하는 거죠. 우리의 임무가 고블린 토벌이라는 걸 세 사람 다 잊지 말아주세요."

우리를 쫓아온 메구밍이 수풀을 헤치면서 모습을 드러냈다.

나도 고블린 토벌에 집중하고 싶지만 이 두 사람이 나의 작전을 비겁하다면서 비난하고 있기에 그럴 수가 없었다.

나는 메구밍의 말을 듣고 적 탐지 스킬을 발동시켜서 주위에 고블린이 없는지 찾아보았다. 그러자―.

"카즈마, 드디어 도망치는 걸 포기했나 보네. 일단 미안하다고 말해봐. 너를 어떻게 할지는 그다음에 정할 거야. 이하이에나 백수야."

"어이, 기다려. 우리는 지금 포위당했어."

당연하다면 당연했다.

이렇게 고함을 지르면서 우리끼리 추격전을 벌였으니 제발 덮쳐달라고 비는 거나 다름없었으리라.

아쿠아와 다크니스도 내 말을 듣고 장난을 칠 때가 아니라는 사실을 눈치챈 것 같았다.

나무 사이로 고블린들이 모습을 드러냈다.

그 숫자는 열 마리가 넘었다. 혼자서 해치우기에는 숫자가 너무 많았다.

게다가―.

"드디어 납셨군."

고블린들은 멀찍이서 우리를 포위했다.

그리고 그런 고블린들의 수호자라는 듯 당당하게 우리를 향해 걸어오는 검은 짐승이 있었다.

—초보자 킬러.

악연으로 얽힌 이 녀석을 쓰러뜨리고 우리도 베테랑 파티가 되겠다.

방금까지 나와 다퉜던 두 사람도 같은 생각인 것 같았다.

다크니스는 적의 주의를 끌기 위해 앞으로 나섰다.

적들의 주목을 모으는 곳으로 이동해서 자신을 미끼로 삼는 스킬인 디코이를 쓸 생각이리라.

"카즈마. 어쩔 수 없으니까 너한테도 지원마법을 걸어줄게."

아쿠아는 그렇게 말하며 나에게도 마법을 걸었다.

한순간 몸이 빛나더니 신체 능력이 향상된 것을 실감할 수 있었다.

좋아. 이 정도면 해볼 만해.

다크니스는 방어를 담당하고 아쿠아는 회복을 맡는다.

그리고 내가 그런 두 사람을 지원하는 것이다.

각자에게는 주어진 역할이 있다.

누가 최고인지 정할 필요는 없다.

나도 괜히 열 받아서 이런 일을 벌인 걸 반성해야겠다.

나는 화살을 꺼내 활에 걸면서 다크니스의 오른쪽 뒤편으로 이동했다.

"실수로 네 등에 쏘지는 않을 테니까 안심해. 다크니스, 너만 믿을게."

"나도 너를 믿으마. 적을 한 마리도 뒤편으로 보내지 않을 테니, 공격은 너에게 맡기마."

다크니스는 대검을 지면에 꽂았다. 그리고 지면을 힘차게 내디디며 몸을 앞으로 숙이더니 뒤를 쳐다보지도 않고 그렇게 말했다.

그런 다크니스의 믿음직한 등을 보고 어떤 적이 나타나도 괜찮을 것 같다는 느낌이 들었다.

"다크니스가 다치면 내가 바로 치료해줄 테니 안심해! 자, 가자! 이번에야말로 저 짐승에게 이기는 거야!"

다크니스의 왼쪽 뒤편으로 물러선 아쿠아가 이 멤버라면 그 무엇도 무서워할 필요가 없다는 듯 가슴을 폈다.

나는 메구밍 쪽을 돌아보며 말했다.

"어이, 메구밍. 아까 저택에서 나한테 멋진 모습을 보여달라고 했지? 좋아, 보여주겠어. 우리가 힘을 모으면 그 어떤 상대라도……."

"『익스플로전』!!!!!"

꽝음과 함께 폭풍이 주위에 휘몰아쳤다.

내가 말을 끝까지 잇기도 전에 느닷없이 불어 닥친, 불합리할 정도로 압도적인 그 폭력은 고블린과 초보자 킬러를 전부 쓸어버린 걸로도 모자라…….

근처에 있던 나무와 우리까지 전부 날려버렸다.

최전선에 있던 다크니스는 지면에 꽂은 검을 잡고 버텨보려 했지만 무거운 갑옷을 입었는데도 불구하고 그대로 튕겨져 날아갔다.

뒤편에 있던 우리조차 그 폭풍에 떠밀려 그대로 바닥을 뒹굴었다.

……나는 지면에 엎드린 채 고개만 돌려 이 참상을 쳐다보았다.

고블린도, 초보자 킬러도 이미 존재하지 않았다.

다크니스는 폭풍에 휘말려 날아온 무언가에 머리를 맞았는지 눈을 까뒤집은 채 지면에 축 늘어져 있었다.

"훌쩍……. 우, 우에에엥. 입안에 모래가 들어갔어……."

나와 마찬가지로 지면에 쓰러져 있던 아쿠아가 울먹거리며 그렇게 말했다.

그리고 내 옆에는 이 참상을 초래한 원흉이 지면에 뻗어 있었다.

그 원흉은 불쑥 이렇게 말했다.

"가장 멋진 역할을 가장 끝내주는 타이밍에 가로챈다. 홍마족의 본능을 거역할 수가 없었어요. 그리고 이걸로 제가 이 파티에서 가장 강하다는 것이 증명됐네요."

"너란 녀석은! 너란 녀석은 정말! 요즘 들어 좀 얌전해졌나 싶더니 또 이딴 짓을 한 거냐! 그리고 넌 심판이잖아!"

우리가 이런 식으로 평소와 다름없는 일상을 보내던 어느 날의 일이다.

아침 햇살이 창문을 통해 쏟아지자 공기 중에 떠다니는 먼지가 반짝였다.

"카즈마가 이렇게 이른 시간에 일어나다니 별일이 다 있구나. 대체 무슨 바람이 분 것이냐? 또 퀘스트를 하고 싶어진 것이냐?"

그런 상쾌한 아침에 식탁 앞에 앉아 책을 보며 식후의 홍차를 즐기던 다크니스는 거실에 온 나를 보더니 깜짝 놀란 목소리로 그렇게 말했다.

"밤샘을 했을 뿐이야. 요즘 같은 더운 계절에는 방을 시원하게 만든 다음 아침부터 밤까지 잠이나 퍼질러 자는 게 최고거든."

"그, 그렇구나. 평소와 다름없는 것 같아서 안심했다. 그건 그렇고 요즘 들어서는 무기나 방어구의 손질도 하지 않는 것 같구나. 저번 퀘스트 때도 그랬지만 전혀 모험가 같지 않은걸."

실은 나 스스로도 모험가라는 자각이 사라진 것 같았다.

"뭐, 개인적으로는 모험가를 은퇴해도 괜찮을 것 같아. 이

제 경영자라도 되어서 불로 소득으로 편안한 인생을 보내고
싶거든."

"이 사람은 정기적으로 바보 같은 소리를 하지 않으면 직성
이 풀리지 않는 걸까요? 심각한 부상을 입은 것도 아닌데 10
대에 모험가를 은퇴한 사람은 본 적도, 들은 적도 없다고요."

다크니스와 마찬가지로 식후의 홍차를 마시고 있던 메구
밍이 어이없었는지 그렇게 말했다.

나는 그 말을 흘러들으면서 현관문에 달린 우편함에 들어
있던 신문을 꺼냈다.

"멋대로 지껄이라고. 애초에 나만큼 실적을 쌓은 모험가라
면, 이렇게 신문을 통해 세계정세를 살피면서 여차할 때를
대비해 체력을 온존해두는 게 이 마을을 위해서도 좋을걸?"

나는 그렇게 말하고 소파에 앉아 신문을─.

"저기, 카즈마. 내가 먼저 신문을 볼래. 나, 4컷 만화가 보
고 싶거든. 지난 편에서 납치당한 눈의 정령을 쫓아 여행을
떠난 동장군이 어떻게 됐는지 궁금해."

"어이, 기다려. 나도 그 4컷 만화가 신경 쓰인다고. 그걸
보려고 일부러 방에서 나온 거란 말이야."

메구밍이 아쿠아와 4컷 만화 쟁탈전을 벌이는 나를 어이
없다는 듯 쳐다보고 있을 때, 좀 신경 쓰이는 기사가 내 눈
에 들어왔다.

"『마왕군 간부가 최전선에 참전하자 전황이 일변. 왕도,

위기에 처하다』—? 꽤 흉흉한 기사네. 내 사랑스러운 여동생, 아이리스는 무사할까?"

"무례한 놈! 아이리스 님을 멋대로 여동생으로 삼지 말거라! 하지만 왕도가 위기에 처했다고? 나도 좀 보자."

나는 신문을 건넸고 다크니스는 진지한 표정으로 그 기사를 읽었다.

"최전선인 왕도 인근의 요새가 마왕군 간부의 공격을 받은 것 같구나. 그 간부는 무시무시한 마법을 사용하는 사신(邪神)이라고 적혀 있다."

"예?!"

다크니스가 그렇게 말한 순간 메구밍이 벌떡 일어섰다.

"메구밍, 왜 그래? 아하, 사신이라는 말이 네 심금을 울린 거지? 너, 자기가 전생에는 파괴신이었다는 얼간이 같은 소리를 했었잖아."

"저는 전생에 파괴신이었던 게 맞지만, 그것 때문에 놀란 게 아니에요! 실은 그 사신의 정체를……."

바로 그때, 다크니스에게서 신문을 빼앗아 4컷 만화를 보던 아쿠아가 불만을 표시하듯 미간을 찌푸렸다.

"사신인지 뭔지 모르겠지만, 신을 자칭하는 걸 보면 천벌이 두렵지 않나 보네."

"너도 여신을 자칭하고 있잖아."

신문을 내던지며 나에게 달려드는 아쿠아에게 내가 맞서

고 있을 때, 메구밍은 신문을 주워 들면서 중얼거렸다.

"전황을 뒤집은 마왕군 간부는 바로 사신 월버그—."

4

다음 날 아침.

상쾌한 새벽을 맞이한 내가 슬슬 잠을 자기 위해 이부자리에 들어간 순간, 나의 행복한 시간을 방해하는 악당이 나타났다.

"카즈마, 아직 안 자죠? 아직 아침이니까 깨어 있죠? 카즈마, 저희와 함께 왕도에 가죠! 지금이 바로 저희가 나설 때예요!"

이른 아침부터 컨디션이 하늘을 찌르는 메구밍이 내 방의 문을 열어젖혔다.

나는 이불 밖으로 얼굴만 쏙 내밀면서 말했다.

"……너, 뭐 잘못 먹었어? 이상한 건 이름과 행동거지만으로 충분하다고. 왕도에 뭐 하러 갈 건데? 자랑은 아니지만 나는 왕도에 가면 여러모로 위험해. 왜 위험한지는 말해줄 수 없지만, 그렇지 않았으면 옛날 옛적에 동생이 사는 왕도로 이사했을 거라고."

"또 그딴 바보 같은 소리를 하는군요……. 뭐, 좋아요. 아이리스가 당신의 동생인 걸로 해두죠! 아무튼! 이대로 있다간 당신의 동생인 아이리스가 위험에 처할 거라고요! 동생을 향한 카즈마의 애정은 이것밖에 안 되는 건가요?!"

메구밍이 평소와 다르게 열변을 토하자 나는 무심코 몸을 일으켰다.

"너, 아이리스와 사이가 나쁜 줄 알았더니 사실은 친한 거야? 어제 신문 기사 때문에 이러는 거지? 뭐, 아이리스가 걱정되지 않는다면 거짓말이겠지만 상대는 마왕군 간부야. 내가 가봤자 도움이 안 될 거라고."

게다가 이번 상대는 사신이라고 한다.

지금까지 우리가 싸웠던 간부와 다르게 최종 보스 느낌이 물씬 나는 상대였다.

뭐, 내 주위에 있는 자칭 신이라는 녀석처럼 실은 별 볼일 없을지도 모르지만 말이다.

한편, 메구밍은 콧김을 씩씩 뿜으면서 어이없는 소리를 해댔다.

"그 마왕군 간부라는 사신이 신경 쓰여요. 일전에 제가 촘스케의 정체에 관해 이야기했었죠? 이건 제 감인데요. 우리 집 촘스케야말로 사신일지도 몰라요."

"얼마 전에 그 사신께서 병아리에게 쫓겨 도망 다니는 광경을 봤어."

내가 메구밍의 말을 믿지 않자 그녀는 진지한 표정을 지으며 말을 이었다.

"딱히 카즈마가 마왕군 간부와 싸울 필요는 없어요. 부탁이에요. 제가 그자와 결판을 낼 테니, 같이 가서 제 곁에 있어주기만 하면 돼요."

"무조건 싫어. 내가 뭐 때문에 그런 위험 지역에 가야 하는데? 너, 알기는 하는 거야? 최전선에 가는 것만도 위험한데, 상대는 사신이라고. 지금까지 상대해왔던 슬라임이나 언데드가 아니란 말이야. 사신은 그야말로 최종 보스급이잖아."

내가 딱 잘라서 그렇게 말하자―.

"……카즈마가 그런 소리를 할 거라는 건 이미 예상했어요. 꽤 오랫동안 알고 지냈으니까요. 그리고 저번의 초보자 킬러 퀘스트 때 당신이 어떤 사람인지 다시 이해했고요."

메구밍은 그렇게 말하며 얼굴을 살짝 붉히더니 침대에 앉아 있는 나를 쳐다보고 말했다.

"이 사람은 정말 어쩔 수가 없다니까요. 그럼 이렇게 하죠. 만약 함께 가준다면……. 저기, 이번 일이 다 정리된 후에, 카즈마의 방에서 하룻밤을 같이 보내줄 수도 있는데……."

기어들어가는 목소리로 그렇게 말한 메구밍은 부끄러운지 모자의 챙으로 얼굴을 가렸다.

"그래그래. 지금은 졸리니까 내일 이야기하자."

"어?!"

이 방법이라면 분명 통할 거라고 생각한 메구밍은 가볍게 충격 받은 표정을 지으며 그 자리에서 딱딱하게 굳어버렸다.

메구밍은 내가 이런 반응을 보일 거라고는 꿈에도 생각 못 했는지 완전히 당황했다.

"자, 잠깐만요. 저는 엄청 마음의 준비를 한 끝에 방금 그 말을 한 거라고요."

"……내가 몇 번이나 속을 것 같아? 내가 그렇게 쉬운 놈이라고 생각한 거야? 키스를 해줄 테니 거액의 현상금이 걸린 몬스터를 토벌하자고 졸랐던 다크니스도 그렇고, 너도 그렇고. 자기 자신을 너무 과대평가하는 거 아냐?"

"윽?!"

메구밍은 내 말을 듣더니 깜짝 놀란 표정을 지은 뒤 그 자리에서 딱딱하게 굳어버렸다.

"나를 흔한 사춘기 소년과 똑같이 취급하지 마. 너희는 외모가 꽤 반반한 편이지만, 성격이 점수를 다 깎아먹는다고. 그 점을 자각하며 좀 더 서비스 정신을 발휘해봐."

얼마 전에 그렇게 호되게 당해놓고 또 당할 만큼 나는 허술한 놈이 아니다.

내가 딱 잘라서 그렇게 말하자 메구밍은 몸을 부들부들 떨었다.

"혹시 얼마 전의 그 일로 아직 앙심을 품고 있는 건가요?! 제가 은근슬쩍 호감을 표시할 때마다 카즈마도 싫지 않은 기색을 보였으면서, 이제 와서 왜 세게 나오는 거죠?!"

"누누누, 누가 싫지 않은 기색을 보였다는 거야?! 너, 자의식 과잉 아냐?! 내가 언제 너한테 마음이 있는 척했는데?!"

남자는 여자가 자기한테 마음이 있는 척만 해도 그대로 반해버리고 마는 생물이다.

그렇다. 나는 요즘 들어 계속 그런 상태였다.

하마터면 속을 뻔했다. 나는 그렇게 쉬운 남자가 아니라고.

이 녀석은 외모만 괜찮을 뿐 성격에 문제가 많은 여러모로 유감스러운 여자애다.

"이 남자는 정말 최악이군요! 그럼 뭐죠?! 당신은 좋아하지도 않는 여성과 하룻밤을 보내려고 했던 건가요?! 그때는 그렇게 기대했으면서!!"

"그그, 그런 거 아니거든?! 뻔히 그렇게 될 것 같아서 애초부터 기대도 하지 않았다고! 기어오르지 마, 이 로리 꼬맹이야!"

나는 그렇게 외쳤고 메구밍은 분노를 터뜨리며 나에게 달려들었다!

—메구밍과 한참 동안 드잡이를 하는 바람에 잠이 완전히 깬 나는 수면을 포기했다. 그리고 오늘도 거실 소파에 앉아 신문을 펼쳤다.

"모험가 랭킹 조사 결과, 제3위, 미츠루기 쿄야? 어이, 말도 안 되는 소리 말라고. 왜 그 녀석의 이름은 이렇게 상위에 있는데 내 이름이 없는 거야?! 이 기사를 쓴 신문사는 대체 어디야?! 확 항의해주겠어!"

랭킹에 자신의 이름이 없다는 이유로 내가 화를 내자, 아쿠아와 함께 젤 킹을 쓰다듬고 있던 다크니스가 입가에 자신만만한 미소를 지으며 말했다.

"그건 왕도에서 활약하는 모험가 랭킹이니, 이 마을에 틀어박혀 있는 네가 포함될 리 없다. 랭킹에 들어가고 싶다면 전장에 가서 활약하는 수밖에 없을 거다. 뭣하면 원군으로 참전하겠느냐? 요즘 들어 사무만 계속 보느라 좀 갑갑하던 참이니, 얼마든지 같이 가주마."

아무래도 이 녀석은 이미 메구밍에게 포섭당한 것 같았다.

다크니스가 그런 어설픈 도발을 하자—.

"다크니스의 말이 맞아요. 랭킹에 들어가고 싶나요? 더욱 큰 명성을 손에 넣고 싶나요? 그렇다면 저희와 함께 전장에 가죠! 그리고 마왕군 간부를 해치우는 거예요!"

메구밍도 기회를 잡았다는 듯이 그렇게 말했다.

나는 그런 두 사람을 무시하며, 젤 킹에게 「손! 젤 킹, 내 손바닥에 날개를 올려봐!」라고 말하면서 재주를 가르치려고 하다 도리어 손가락을 물린 아쿠아를 쳐다보았다.

"어이, 아쿠아. 너도 이 두 사람에게 무슨 말 좀 해봐. 이 녀석들은 최전선의 요새를 지키러 가고 싶다네. 우리가 여행을 떠날 때마다 당치도 않은 일에 휘말린다는 걸 아직도 눈치채지 못했나 봐. 너도 마왕군 간부와 싸우는 건 반대지?"

강적과의 전투를 원하는 이 두 사람과 달리, 나와 죽이 맞는 아쿠아라면 분명 내 마음을 이해해줄 것이다.

하지만 그런 내 마음은 뜻밖의 형태로 배신당했다.

"싸우러 가는 것도 괜찮지 않아? 마왕군 간부라면 분명 사람들에게 폐를 끼쳐대고 있을 거 아냐. 청순하고 공정하며 아름다운 아쿠아 님께서 구원을 원하는 사람들을 내버려 둘 수야 없지."

이 녀석, 갑자기 무슨 소리를 하는 거야? 뭐 잘못 먹었나?

메구밍과 다크니스도 아쿠아의 말이 뜻밖이었는지 걱정스러운 표정을 지으며 그녀를 쳐다보았다.

"너, 갑자기 왜 이러는 거야? 평소 같으면 울며불며 질색을 하잖아."

"웬만한 몬스터는 내가 나설 필요도 없으니까 그런 거야. 하지만 이번 상대는 나한테 허락도 구하지 않고 신을 자칭하고 있는 불경한 녀석이잖아. 아쿠시즈 교단의 숭배를 받는 신으로서 그 녀석에게 따끔한 맛을 보여줘야겠어."

아쿠아는 자신의 구역을 침범당한 양아치 같은 소리를 했고 나는 상황이 나쁘게 굴러가고 있다는 사실을 깨달았다.

"어이, 나는 싫거든? 절대 안 갈 거야. 왜 매번 우리가 마왕군 간부와 싸워야 하는 건데? 우리 말고도 강한 모험가는 얼마든지 있다며? 왕도 쪽은 그런 녀석들에게 맡겨두자고. 대체 너희는 왜 죽고 싶어 환장한 것처럼 사는 거야?"

"응석 부리지 말고 깔끔하게 포기하세요. 질질 끌지 좀 말란 말이에요. 그리고 걱정하지 마세요. 제가 한 방에 그 마왕군 간부를 해치워버릴 테니까요! 이번에는 아무 걱정 할 필요 없어요. 만약의 사태에 대비해서 같이 가주기만 하면 돼요!"

"너 설마 이 멤버가 가는데 만약의 사태가 벌어지지 않을 거라고 생각하는 거야? 과거를 돌이켜보고도 진짜로 아무 문제 없이 일이 술술 풀릴 거라고 단언할 수 있다면 가줄게! ……어이, 내 눈을 피하지 마! 이쪽을 쳐다보라고!!"

내가 고개를 돌린 메구밍의 턱을 움켜잡은 후, 억지로 이쪽을 향해 돌리려고 한 바로 그때였다.

현관문에서 머뭇거림이 섞인 노크 소리가 들리더니 곧 문이 열렸다.

"아, 안녕하세요……. 저기, 이 애를 발견해서 데리고 왔는데요……."

현관문 앞에는 춈스케를 안아 든 융융이 서 있었다.

5

"자, 차 마셔."

"고, 고마워요. ……저기, 아쿠아 씨. 이건……."

"싼 차지만 꽤 맛있지? 카즈마가 준 용돈으로 산 건데, 입에 맞아서 자주 마셔."

"아⋯⋯. 예. 저기, 맛있어요⋯⋯."

아쿠아가 끓여준 차를 한 손에 든 융융은 난처한 표정을 지으며 고개를 끄덕였다.

힐끔 쳐다보니 찻잔 안에는 투명한 액체가 들어 있었다.

잠깐만, 저건 맹물이잖아.

아쿠아가 융융에게 대접할 차를 끓이다 실수로 맹물을 만들어버린 것 같았다.

융융은 만족스러운 표정을 짓고 있는 아쿠아를 생각해 증거 인멸을 하듯 찻잔 안에 있는 물을 전부 마셔버렸다. 그리고 축 늘어진 채 꼼짝도 하지 않는 촘스케를 양손으로 안아 들더니 난처한 표정을 지으며 우리를 향해 내밀었다.

"저기, 근처 공원을 산책하다가 촘스케가 애들에게 괴롭힘 당하고 있는 광경을 보고, 이렇게 데리고 왔는데요⋯⋯."

조그마한 날개가 달린 이 정체불명 고양이는 개구쟁이들의 끝내주는 놀이 상대인 것 같았다.

나는 꼼짝도 하지 않는 촘스케를 보고 옆에 앉아 있는 메구밍에게 작은 목소리로 말했다.

"어이, 네가 말한 이 사신은 병아리에게 쫓겨 다니는 걸로 모자라 애들에게 괴롭힘을 당할 정도로 약해빠진 거야?"

"유, 융융! 마침 잘 왔어요! 실은 말이죠! 그렇게 큰일은 아니지만, 아주 약간 골치 아픈 일이 벌어졌어요!"

메구밍은 내 추궁을 피하듯 융융에게 신문을 내밀었다.

"고, 골치 아픈 일?"

융융은 골치 아픈 일이라는 말을 듣고 경계심을 드러내면서도 메구밍이 내민 신문을 일단 건네받았다.

"어디 어디…… 일간 연재 4컷 동장군 여정 편. 펜팔 상대 모집 코너? 저기, 메구밍. 이 신문이 필요 없어지면 펜팔 코너만 내가 오려 가도 될까?"

"정말, 대체 어딜 보는 거예요?! 이 기사를 좀 보라고요!"

메구밍은 신문을 빼앗더니 예의 그 기사를 융융에게 보여줬다.

의아한 표정을 짓던 융융은 그야말로 극적인 반응을 보였다.

"어어어어어?! 자자, 잠깐만 있어봐?! 메구밍, 이건……."

"이, 이번에는 반응이 너무 격렬하네요! 그렇게 과장스러운 반응을 보일 만한 기사는 아니잖아요!"

"이런 반응을 보이는 게 당연하잖아! 이 기사에서 언급된 사신 월버그라면, 원래 우리 마을에 봉인되어 있던—."

"쉬잇! 융융, 목소리가 너무 커요!"

어이.

"방금 흘려들어서는 안 될 것 같은 말이 들렸는데."

"카즈마가 잘못 들은 걸 거예요. 이 애는 이상한 소리를 밥 먹듯이 하는 바람에 홍마의 마을에서도 따돌림을 당했

거든요."

내 말을 들은 메구밍이 고개를 휙 돌린 가운데 융융이 분노를 터뜨렸다.

"무슨 소리를 하는 거야?! 메구밍이야말로 나보다 이상한 소리를 훨씬 많이 하잖아! 그리고 카즈마 씨! 제 말 좀 들어보세요! 이 기사에 나온 사신 월버그는 옛날에 저희 마을에 봉인되어 있었어요. 그리고 어느 날 그 봉인이 풀려버렸는데, 메구밍은 마을 사람들 몰래 그 사신을 멋대로 자기 사역마로……."

"그, 그만~! 홍마족의 오점을 세간에 퍼뜨리지 말아요! 그냥 왕도 인근에서 날뛰고 있는 가짜 사신을 퇴치해서 아무 일도 없었던 것처럼 꾸미면 되잖아요!"

나는 허둥지둥 융융의 입을 막으려고 하는 메구밍을 쳐다보면서 관자놀이를 손으로 누르고 있는 다크니스에게 말했다.

"어이, 다크니스. 경찰서에 가서 네 인맥으로 거짓말을 하면 딸랑딸랑 하고 벨이 울리는 거짓말 탐지 마도구를 빌려 와."

"가, 갔다 오마. 아아, 더 엄청난 사실이 밝혀지지 않기를 진심으로 빌어야겠구나……."

"저, 저는 아무 잘못도 하지 않았어요! 변호인! 변호인을 요구하겠어요!"

융융과 아쿠아에게 제압당한 메구밍이 그렇게 외쳤지만 다크니스는 울상을 지으며 저택을 나섰다.

―몇 시간 후.

다크니스가 거짓말을 감지하는 마도구를 빌려 왔고, 우리는 바인드에 의해 양손이 묶인 채 융단 위에 무릎을 꿇고 앉아 있는 메구밍을 포위하듯 둘러앉았다.

"좋아. 그럼 네가 숨기고 있는 사실을 전부 말해주실까. ……우선 이 신문 기사에 실린 사신 월버그라는 건 대체 뭐야?"

"사실 저와 융융은 이 사신과 인연이 있어요. 그래서 옛날에 월버그에 관해 조사해본 적이 있는데……. 월버그는 나태와 포학(暴虐)을 관장하는 사신인 것 같아요."

메구밍이 느닷없이 뚱딴지같은 소리를 하자 우리는 무심코 마도구를 쳐다보았다.

하지만 마도구는 울리지 않았으며 홍마족인 융융도 이 사실을 알고 있었는지 아무 말도 하지 않았다.

"그런 무시무시한 녀석이 왜 홍마족의 마을에 봉인되어 있었던 거야?"

"먼 옛날에 저희 선조님이 사신과 격전을 벌인 끝에 봉인하는 데 성공했어요. 그 후, 사신을 홍마의 마을로 옮겨서 엄중하게 관리하기로 한 거예요."

―딸랑.

마도구에서 소리가 났다.

"······사신이 봉인되어 있는 땅에 살면 꽤 멋질 것 같다고 누가 말했고, 어디 사는 누군가가 봉인한 사신을 멋대로 납치한 후, 마을 구석에 다시 봉인해서 관광 명소로 삼았어요."

메구밍이 그렇게 설명하자 마도구는 반응하지 않았다.

"어이."

내 말을 듣고 메구밍뿐만 아니라 융융까지 고개를 돌렸다.

바로 그때, 지금까지 계속 머리를 감싸 쥐고 있던 다크니스가 입을 열었다.

"그, 그건 이제 됐다. 이미 벌어진 일을 가지고 왈가왈부해봤자 아무 소용없으니까 말이다. 아무튼 홍마족의 마을에 사신이 봉인된 경위는 이해했다. 그런데 왜 봉인이 풀린 거지? 봉인을 푼 사람은 대체 누구냐?"

"그건 아마 봉인되어 있던 사신이 원래의 힘을 되찾아서 인류를 멸망시키기 위해, 자신의 부하들을 조종해서 봉인을······."

―딸랑.

"""············."""

우리가 아무 말 없이 쳐다보자 메구밍은 체념한 것처럼 고개를 푹 숙였다.

"············제 여동생이 놀이 삼아서 사신의 봉인을 풀어버렸어요."

"자, 잠깐만?! 저기, 메구밍?! 나, 그 말 처음 들었거든?!"

융융이 메구밍의 고백을 듣고 경악한 가운데…….

—딸랑.

"어?!"

거짓말을 감지하는 마도구가 울렸다는 사실에 메구밍 본인도 놀라고 말았다.

이윽고 메구밍은 손뼉을 치면서 입을 열었다.

"맞아요! 사신의 봉인은 두 번 풀렸어요. 옛날에 제가 무심코 봉인을 풀었는데, 지나가던 정체불명의 언니가 도와줘서 목숨을 건졌죠. 그리고 얼마 전에 제 여동생이 또 봉인을 풀었어요."

그렇게 말한 메구밍은 마도구가 울리지 않는 것을 보고 만족스러운 표정을 지으며 고개를 끄덕였다.

"그게 무슨 소리야아아아아아아아아앗!"

"이, 이게 무슨 짓이죠?! 그만……! 그, 그만 하세요! 저는 순순히 대답하고 있을 뿐이니 진정 좀 하라고요!"

"홍마족은 정말 변변찮은 짓만 해대는구나."

내가 뒤엉켜 있는 두 홍마족을 쳐다보며 한숨을 내쉬고 있을 때, 아쿠아는 기대에 찬 표정으로 그 마도구를 쥐었다.

"메구밍, 당신은 아쿠시즈 교단을 좋아하나요? 싫어하나요? 메구밍은 아쿠시즈 교도와 여러모로 인연이 있으니, 조금만 더 권유하면 아쿠시즈교에 입교해줄지도 모른다고 세실리가 말했어."

"아무리 권유해봤자 절대 안 들어갈 거예요! 세실리 씨가 저한테 얼마나 폐를 끼쳐대는지 알기나 해요? 그리고 문제아 집단인 아쿠시즈 교도와 얽히고 싶지 않아요. 좋아하는지 싫어하는지 딱 잘라 말해보라면 그야 물론 싫어……."

—딸랑.

마도구에서 소리가 나자, 아쿠아는 표정이 환해졌고 메구밍은 부끄러워하듯 고개를 숙였다.

"……교단 분들에게 신세를 진 적도 있으니, 딱히 싫어하지는 않는다고 할까요……."

나는 거짓말을 꿰뚫어 보는 마도구의 위대한 이용법을 찾아낸 아쿠아를 보며 감동했다.

이 녀석, 단순한 바보인 줄 알았는데 실은 엄청난 천재 아냐?

"저기, 메구밍. 우리를 어떻게 생각해? 좋아하는지 싫어하는지 말해봐."

"음. 나도 알고 싶구나. 얼마 전에도 우리 몫의 부적을 만들어줬지 않느냐. 너는 우리를 어떻게 생각하지?"

"……자, 잠깐만요. 지금 꼭 그 질문에 대답할 필요는 없잖아요? ……어이, 이제 그만 히죽거리지 못할까!"

우리가 마도구로 메구밍을 놀리고 있을 때였다.

"저, 저기……. 아무튼, 봉인에서 풀려난 사신은 바로 이 애인데, 신문 기사에 실린 마왕군 간부의 이름도 사신 월버그네요. 대체 뭐가 어떻게 된 걸까요……?"

융융은 촘스케의 등을 쓰다듬으면서 불현듯 생각났다는 듯 그런 소리를 했다.

그 말을 듣고 화들짝 놀란 내가 마도구를 쳐다봤지만 소리는 나지 않았다.

"어, 잠깐만 있어봐. 방금 흘려들어서는 안 될 말을 들은 것 같은데……. 이 녀석이 그 사신이라고? 촘스케가 진짜로 사신인 거야?!"

"제가 몇 번이나 그렇게 말했었잖아요. 이 애는 사신이자 제 사역마예요. 대체 신문에 나온 그 마왕군 간부는 무슨 생각으로 이 애를 사칭하는 건지 모르겠네요."

융융의 뒤를 이어 메구밍까지 그런 소리를 했지만 역시 마도구에서는 아무 소리도 나지 않았다.

"어이, 이렇게 사랑스럽게 생긴 녀석이 진짜로 사신이라는 거야? 이 마도구, 고장 난 거 아냐?"

고양이 애호가인 나로서는 애정을 들여 보살폈던 촘스케가 그런 위험한 존재라는 말을 믿고 싶지 않았다.

바로 그때, 아쿠아가 뜬금없이 이런 소리를 했다.

"저기, 카즈마. 나 말이지. 너는 정말 상냥하고 멋진 사람이라고 생각해. 실은 항상 너한테 고마워하고 있어."

"어이 어이, 갑자기 무슨 소리를 하는 거야? 요즘 들어 봄날이 찾아왔다고 생각하는 나에게 반한 거야? 그런 입에 발린 소리를 해봤자 용돈……."

—딸랑.

마도구에서 소리가 나고 아쿠아는 만족스러운 표정을 지으며 고개를 끄덕였다.

"마도구는 제대로 작동하는 것 같네. 다행이야."

"좋아. 너, 밖으로 따라 나와. 요즘 나를 완전 깔보는 것 같은데, 제대로 버르장머리를 고쳐주겠어."

내가 아쿠아에게 따끔한 맛을 보여주기 위해 자리에서 일어난 바로 그때였다.

지금까지 융단 위에서 무릎을 꿇고 있던 메구밍이 갑자기 나를 향해 고개를 푹 숙였다.

"……카즈마. 염치없는 부탁인 건 알지만, 저와 같이 가주지 않겠어요? 실은 촘스케는 과거에 몇 번 납치를 당할 뻔했어요. 아무래도 신문 기사에 실린 녀석과 연관이 있는 게 틀림없어요. 촘스케의 주인으로서, 자칭 사신 월버그를 내버려 둘 수는 없어요."

성미가 급하고 남에게 고개 숙이는 걸 질색하는 메구밍이 그렇게 말하며 또 고개를 숙였다.

상대는 사신을 자칭하는 마왕군 간부인 데다, 혼자서 전황을 뒤집을 정도의 강자다.

솔직히 말해 가고 싶지 않다. 가고 싶지 않지만—.

"……안 될까요?"

머뭇거리면서 나를 올려다본 메구밍의 불안 때문에 흔들

리는 붉은 눈동자가 눈에 들어오자―.

나는 정말 쉬운 녀석이구나, 라고 생각하면서도 이렇게 말할 수밖에 없었다.

"어쩔 수 없네~!"

6

메구밍의 부탁을 들어주기로 한 다음 날 아침.

나는 여러모로 준비를 해야 하니 내일 출발하자고 동료들에게 말한 후, 저택 거실의 소파에 앉아서 대장장이 스킬로 뭔가를 만들고 있었다.

소파에 앉은 다크니스가 옆에서 나를 주시하고 있을 때 그녀와 마찬가지로 내 옆에 앉아서 쳐다보고 있던 아쿠아가 입을 열었다.

"저기, 카즈마. 그게 뭐야?"

"충격을 주면 폭발하는 포션이야. 위즈의 가게에서 사 왔지."

"""뭐?!"""

다크니스와 아쿠아는 그 말을 듣고 벌떡 일어서더니, 그대로 한 걸음 물러섰다.

테이블 위에는 내가 작업에 사용하고 있는 물건들이 잔뜩 굴러다니고 있었다.

그것들은 종이와 스포이트, 그리고 흡수성이 뛰어나고 잘

타는 흙이다. 참고로 그 흙은 어떤 식물이 썩어서 만들어진 것이다.

나는 아까부터 충격을 가하면 폭발하는 포션의 내용물을 스포이트로 조금만 빨아들인 다음, 종이 위에 놓아둔 흙으로 스며들게 했다.

아쿠아는 뒷걸음질을 치면서 불안 섞인 표정을 하고 나에게 물었다.

"저, 저기……. 왜 그렇게 위험한 걸 산 거야? 대체 그걸로 뭘 하려는 건데?"

나는 손에 든 포션을 조금 떨어진 곳으로 옮겼다.

그리고 그것을 바닥에 살며시 놓으면서 말했다.

"실은 말이야. 나는 이게 마법의 포션 같은 거라고 생각했어. 그런데 이건 불을 붙여도 폭발하더라고. 꺼져가는 불씨만 닿아도 쾅~ 하지 뭐야. 즉, 이건 니트로글리세린에 가까운 물질인 것 같아."

이제부터 우리가 향하려고 하는 곳은 마왕군 간부가 있는 격전지다.

치트 무기나 능력을 지닌 모험가들도 고전을 하고 있는 최전선인 것이다.

일전에 다크니스가 영주 알다프와 결혼할 뻔했을 때, 나는 어떤 물건을 이 세상에서 만들어내려 했다.

뭐, 그때는 니트로글리세린을 대신할 물질이 없어서 겉모습만 비슷한 모조품을 만들었지만 말이다.

게다가 완성된 그 모조품도 메구밍이 창밖으로 던져버렸다.

나는 불가사의한 표정을 짓고 있는 아쿠아와 다크니스를 향해 말했다.

"이 녀석을 이용하면 어떤 물건을 만들 수 있어. 그것만 완성시킨다면, 마왕군 간부가 있는 격전지로 향하는 우리에게 있어 비장의 카드가 될 거야."

내 말을 듣고 테이블 위에 놓인 재료들을 보던 아쿠아는, 내가 뭘 만들려고 하는 것인지 눈치챈 것 같았다.

그렇다. 그건 바로—.

"아하⋯⋯. 여름 하면 불꽃놀이, 그리고 일본인은 불꽃놀이를 좋아하잖아. 카즈마의 몸에 흐르는 일본인의 피가 불꽃놀이용 폭죽을 만들라며 펄펄 끓고 있는 거구나."

"다이너마이트를 만들고 있는 건데요."

다크니스는 영문을 모르겠다는 표정을 지으면서 입을 열었다.

"니트로글리세린? 다이너마이트? 처음 듣는 단어구나. 그건 어떤 물건이지?"

다크니스가 그렇게 말하고 고개를 갸웃거려서 나는 이미 완성된 세 개 중 하나를 보여줬다.

전에 만들던 것은 메구밍이 창밖으로 던져버렸지만 실은 그 후에도 틈틈이 계속 만들었다. 그리고 내일 출발에 맞춰

서둘러 완성한 것이다.

아쿠아는 내가 만든 다이너마이트를 손가락으로 집더니 그것을 흥미롭다는 듯 뚫어져라 살펴보았다.

그리고 양손으로 그것을 감싸고—.

"카즈마, 잘 봐~."

······응?

그녀는 그렇게 말하면서 들고 있던 다이너마이트를 테이블 위에 두었다.

왠지 아까보다 작아진 것······.

"짜잔. 조그마해졌어."

"이 멍청아!!"

나는 아쿠아가 조그마하게 만든 다이너마이트를 살펴봤지만, 마술사의 트릭과 다르게 물리적으로 소형화되었다.

"인마······! 남이 시간을 들여 만든 물건으로 이딴 짓을 하면 어떻게 하냐고! 어떻게 할 거야?! 원래대로 되돌릴 수 있어?! 아니, 써먹을 수는 있는 거야?!"

"당연히 못 되돌리지."

멋대로 이딴 짓을 벌인 아쿠아는 눈곱만큼도 미안해하지 않으며 그렇게 말했다.

"네가 지금 무슨 짓을 한 건지 알기는 해? 이건 격전지에서의 전투에 대비해 만든 거라고. 너는 손재주가 좋으니까, 이걸 만드는 걸 도와."

"내가 도우면 세 개 중 하나는 조그마해질 텐데?"

"어째서? 네 몸 안에는 스몰 라이트라도 박혀 있냐?!"

작아진 다이너마이트를 버릴 수도 없어서 바지에 달린 호주머니에 넣어보니 쏙 들어갔다. 그래서 더 열이 받았다.

뭐, 제대로 쓸 수만 있다면 딱히 불만은 없다.

우리가 그러는 사이, 테이블 위에 놓여 있던 완성품을 손에 들고 흥미롭다는 듯 살펴보던 다크니스가 나에게 물었다.

"그런데 이걸로 대체 뭘 할 수 있지?"

"뭐, 그건 점심을 먹고 나서 가르쳐줄게. 엄청 놀랄걸? 특히 메구밍이 말이야."

내가 자신만만한 목소리로 그렇게 말하자ㅡ.

"밥 다 됐어요~. 자, 테이블 위를 정리하고, 손 씻고 오세요. ……왜 다들 제 얼굴을 빤히 쳐다보는 거죠?"

식사 당번인 메구밍은 음식이 놓인 쟁반을 들고 거실에 오더니 영문을 모르겠다는 표정을 지었다.

ㅡ마을에서 떨어진 곳에 있는 바위산.

이곳은 폭렬 산책을 즐기는 메구밍의 추천 명소였다.

"세 사람 다 제 산책에 동행해주다니 신기한 일도 다 있네요. 이럴 줄 알았으면 도시락을 준비해서 다 같이 밖에서 점심을 먹을 걸 그랬어요."

메구밍은 자신의 일과인 1일 1폭렬에 동료들 전원이 동행해주는 게 기쁜지 지팡이를 휘두르며 기분 좋은 목소리로 그렇게 말했다.

그리고 메구밍은 재빨리 영창을 마친 후 폭렬마법을 펼쳤다.

"『익스플로전』!!!"

그러자 굉음과 함께 짜릿한 충격파가 주위로 퍼져나갔다.

그 어떤 것도 분쇄하는 최강의 마법은 너무나도 간단히 목표물인 바위를 박살 냈다.

우리는 고개를 숙인 채 흩날리는 바위 파편에게서 몸을 지켰지만 다크니스는 은근슬쩍 앞으로 나가 그 파편들로부터 우리를 감쌌다.

나는 마력을 다 쓴 탓에 쓰러질 것 같은 메구밍을 부축한 후 드레인 터치로 걸을 수 있을 만큼만 마력을 공급해줬다.

"호오. 오늘은 꽤 괜찮았는걸."

"그렇죠? 제 생각에도 괜찮았다고 봐요. 휴우, 만족했어요. 그럼 돌아가죠……. 어? 카즈마, 그게 뭔가요?"

내가 종이로 둘둘 말아서 만든 다이너마이트 두 개를 꺼내자 메구밍은 그것에 관심을 가졌다.

이것은 폭발하는 포션을 스며들게 한 흙을 종이를 이용해 몇 겹으로 감싼 후, 그 중심에 흙과 마찬가지로 포션을 스며들게 한 도화선을 넣은 간이 다이너마이트다.

시제품 1호이니 양해해주길 바란다.

"이건 재력이라는 무기를 손에 넣은 내가 돈으로 적을 간단히 해치우기 위해 만든 시제품 제1호야. 뭐, 잘 보라고."

나는 그것을 근처에 있는 바위 뒤편에 놓고 도화선을 잘 보이게 뒀다.

"……잠깐만요. 카즈마가 만든 그거 말인데요. 왠지 예전에 본 적이 있는 것 같은데……."

메구밍이 그렇게 말했지만 나는 그녀의 말을 무시하며 다이너마이트로부터 어느 정도 거리를 둔 후—

『틴더』!"

도화선을 향해 불을 피울 때 쓰는 마법을 사용했다.

그 불씨는 도화선을 서서히 태우기 시작했고—

그 모습을 보고 문득 어떤 생각이 든 나는 바위를 향해 한 손을 내밀면서 큰 목소리로 외쳤다.

"익스플로전!"

"어?!"

메구밍이 그 말을 듣고 반응을 보인 바로 그때였다.

그녀의 목소리를 뒤덮어버릴 만큼 강렬한 폭음을 내면서 간이 다이너마이트가 멋지게 폭발하더니 바위에 금이 갔다.

역시 공사 때 사용하는 다이너마이트 정도의 위력은 발생하지 않았다.

하지만 무기로 사용하기에는 충분한 수준이리라.

"아…… 아아…………"

옆에 있던 메구밍은 망연자실한 표정으로 몸을 부르르 떨었고 다크니스는 얼굴을 붉힌 채 주먹을 말아 쥐었다.

"대, 대단하구나, 카즈마! 너, 대체 어느새 폭렬마법을 습득한 것이냐?!"

"훗……. 노력가인 나는 너희가 자는 사이에 몰래 레벨을 열심히 올렸지."

다크니스가 흥분한 목소리로 그렇게 말하자, 나는 으스대면서 그렇게 대꾸했다.

"아아…… 아아아아…………"

그 모습을 본 메구밍이 작은 목소리로 비명을 지르고 몸을 부르르 떨었다.

한편, 아쿠아는 내 소매를 잡아당기며 말했다.

"카즈마, 카즈마. 나한테도 하나만 줘. 나도 폭렬마법을 쓰고 싶어."

"뭐, 도화선을 더 길게 만든 시제품이 완성되면 생각해볼게. 실은 나도 살짝 무서워서 떨어진 뒤에 틴더를 이용해 불을 붙인 거야."

"아아아아아…… 아아아아아아아……"

"알았어. 그게 완성되면 나도 써볼래."

"뭐, 좋아. 하지만 이 포션은 꽤 비싼 데다 많지도 않으니까 낭비는 하지 말라고."

"그, 그걸 쓰면 크루세이더인 나도 폭렬마법을 쓸 수 있는 것이냐? 실은 진짜로 마법을 습득한 게 아니지? 저, 저기, 다음에는 내가 시험해보고 싶다만……!"

아쿠아와 다크니스가 매우 흥미를 보이는 가운데, 나는 아까부터 메구밍의 반응이 신경 쓰였다.

심각한 반응을 보일 줄 알았는데 어찌 된 영문인지 계속 몸을 부들부들 떨기만 했다.

나는 메구밍의 앞에 선 후 한 손을 앞으로 내밀면서 포즈를 취했다.

"내 이름은 카즈마! 액셀 제일의 모험가이자, 폭렬마법을 펼치는ㅡ."

"아아아아아아아아아아아아아아아아아~!!"

메구밍은 내 말을 끊더니 고함을 지르면서 달려들었다.

"저딴 건! 저딴 건, 폭렬마법이 아니에요! 위력도 작렬마법 수준밖에 안 되잖아요! 저딴 건! 저딴…… 저딴……!"

"어, 어이! 진정 좀 하라고! 저건 단순한 아이템이야! 방금 그건 농담이라고!"

내가 허둥지둥 설명을 했지만 내 멱살을 잡고 있던 메구밍은 내가 들고 있던 마지막 다이너마이트를 빼앗았다.

"어, 인마! 그걸 만드느라 돈과 시간을 엄청 쏟아부었단 말이야! 돌려줘!"

"안 돼요! 제가 있으니까 이런 건 필요 없잖아요! 이딴 건 필요 없다고요!"

메구밍은 고함을 지르면서 내가 고생해서 만든 역작을 집어 던졌다.

아아…….

"또 저게 제 눈에 띄면 확 버릴 거예요! 저건 사도(邪道)예요! 저딴 가짜를 인정할 수는 없다고요!"

"하아. 알았다, 알았어. ……저건 네 억지를 들어주기 위해서 만든 거라고."

"도움이 될지도 모르지만, 그래도 안 돼요!"

앞으로는 메구밍에게 들키지 않도록 방 안에서 몰래 만들어야겠다.

……나는 메구밍이 던져버린 다이너마이트를 향해 손을 내밀었다.

그리고 아직 화를 내고 있는 메구밍 몰래 작은 목소리로 마법을 펼쳤다.

"……『틴더』."

내가 펼친 마법에 의해 도화선에 불이 붙었다.

그리고 나는 타이밍을 맞춰—.

"익스플로전!!"

"윽?!"

모처럼 만든 걸 그냥 내다 버리는 것도 아까워서 나는 또

유사 폭렬마법을 펼쳤다.

메구밍은 저녁 식사 때까지 나와 단 한 마디도 나누지 않았다.

7

―다음 날.

나는 새로 맞춘 장비를 걸치고 괴상한 이름이 붙은 칼을 허리에 찼다.

그리고 모험가의 트레이드마크인 망토를 걸친 후, 만약에 대비해 유통 기한이 긴 식량을 가방에 넣었다.

"무기 오케이, 식량 오케이, 장비 오케이! 각종 아이템 준비도 오케이!"

언제나처럼 마왕군 간부와 싸우러 가지만 지금까지와는 상황이 다르다.

그것도 그럴 것이, 이번에는 우리가 마왕군 간부에게 싸움을 걸러 가는 것이다.

비장의 카드 중 하나는 어제 못 쓰게 되었지만 위즈의 가게에서 그나마 쓸 만한 마도구를 구입하여 사전준비를 했고, 전략도 몇 개 생각해뒀다.

"얼마 전만 해도 카즈마는 모험하기 싫다고 그렇게 난리를 피웠으면서, 오늘은 기합이 넘치네. 대체 무슨 바람이 분 거야?"

뭐가 든 건지는 모르겠지만 빵빵하기 그지없는 가방을 등에 멘 아쿠아가 나를 향해 그렇게 말했다.

참고로 아직 태어난 지 얼마 안 된 젤 킹을 홀로 집에 방치해둘 수 없기에, 아쿠아는 이른 아침부터 위즈의 가게에 쳐들어가서 억지로 떠맡겼다고 한다.

"이번 싸움에 대해 차분하게 생각해봤더니, 꽤 승산이 있다는 걸 눈치챘거든."

우리가 지금부터 향하려고 하는 곳은 왕도 근처에 있는 요새다.

현재 최전선인 그곳에는 이 나라가 자랑하는 최고 병력이 집결해 있다.

들은 이야기에 따르면 이 나라의 기사단은 물론이고 나보다 먼저 이곳으로 보내진 치트 보유 모험가들까지 있다고 한다. 그러니 이번에 참전한 마왕군 간부만 없으면 질 리가 없는 것이다.

다수의 치트 보유자들이 있는 튼튼한 요새에 숨어 있다가 마왕군 간부가 튀어나오면 메구밍의 폭렬마법으로 격퇴한다.

단순하지만 효율적인 전략이라고 생각했다.

지금까지 치른 싸움에 비하면 꽤 안전하고, 적을 타도할 가능성도 높은 데다, 승리를 거뒀을 때 얻게 되는 이득 또한 매우 크다.

게다가—.

"이번에는 텔레포트를 쓸 수 있는 융융이 같이 가주잖아."

나는 그렇게 말하면서 메구밍의 옆에서 짐을 체크하고 있는 융융을 쳐다보았다.

착실하게 레벨을 올려 텔레포트 마법을 습득했다는 융융이 우리와 동행하기로 한 것이다.

융융이 등록해둔 텔레포트 장소는 액셀 마을과 왕도, 이렇게 두 곳이다.

만약 요새에 위험이 닥친다면 언제든 액셀 마을로 돌아갈 수 있다는 점은 정말 매력적이었다.

"히, 힘낼게요! 짐꾼, 식사 당번, 야간 보초, 그리고 전투 때는 돌격대장까지, 뭐든 다 하겠어요!"

"으, 응. 너만 믿을게. 요새로 이어지는 길에는 꽤 강한 몬스터가 출몰한다니까, 융융이 같이 가줘서 정말 든든해."

평소 외톨이인 융융은 다른 이들과 파티를 이뤄 여행을 떠나는 게 정말 기쁜 것 같았다.

마음이 들떴는지 그녀는 아까부터 안절부절못했다.

"다들 준비는 됐나요? 깜빡한 물건은 없나요? 손수건과 휴지를 넉넉하게 챙겨 왔으니까 필요한 사람은 저한테 말하세요!"

"제발 부탁이니까 좀 진정해요. 소풍 가는 어린애도 아니잖아요."

나는 메구밍이 융융을 말린다고 하는 진귀한 광경을 목격한 후, 준비를 마친 듯한 다른 동료들을 둘러보면서 고개를 끄덕였다.

"그럼 융융, 부탁해. 우선 왕도에 간 다음, 거기서부터는 걸어서 요새로 향하자. 요새는 숙련된 모험가가 열심히 걸으면 이틀 정도 걸리는 거리에 있다더라고. 그리고 중간에 숙박 시설도 있다니까, 일단 거기를 목적지로 삼자."

"예. 그리고 여러분과 할 동서고금의 온갖 보드게임과 카드게임을 준비해 왔으니까, 하고 싶으면 언제든지 말만 하세요!"

그래서 융융의 가방이 저렇게 빵빵한 거구나.

아무래도 우리와의 숙박을 기대하는 것 같았다.

어쩌면 남들과 이렇게 계획을 세워서 여행을 하는 것 자체가 처음일지도 모른다.

눈시울이 뜨거워진 내가 융융과 같이 놀러 다닐 걸 그랬다고 생각하는 사이, 그녀는 텔레포트 마법의 영창을 끝마쳤다.

"『텔레포트』!"

제3장 이 적발 미녀와 하룻밤 꿈을!

1

　—정신을 차리고 보니, 우리는 오래간만에 왕도의 정문 앞에 서 있었다.

　이 나라의 수도인 이곳으로 텔레포트를 하는 사람은 딱히 드물지도 않은지, 왕도의 정문 앞을 지키고 있는 병사들은 느닷없이 우리가 나타났는데도 놀라지 않았다. 그들은 전장에서 빠져나온 몬스터의 습격을 경계하며 정문 밖을 주시하고 있는 것이리라.

　이곳에 오니 사랑스러운 여동생, 아이리스가 머릿속에 떠올라 왕도에 들어가고 싶어졌다. 하지만 왕성에 침입하고도 아직 잡히지 않은, 미스터리어스하면서도 멋진 정체불명의 도적을 잡기 위해 많은 이들이 아직도 왕도를 수색하고 있을 것이다.

　나에게서 뿜어져 나오는 범상치 않은 오라를 감지한 그들이 말도 안 되는 혐의를 뒤집어씌우며 거짓말 탐지 마도구를 나에게 쓰기라도 했다간 그대로 끝장이다.

나는 짊어지고 있던 가방을 천천히 내려놓았다.

"좋아. 우리는 여행 준비를 끝내고 왔으니 이대로 최전선인 요새로 향해도 되겠지만, 나는 일단 저 사람들을 상대로 정보 수집을 하겠어. 나한테 다 생각이 있거든."

나는 그 말을 듣고 의아한 표정을 지은 동료들을 내버려둔 후 정문 앞에 있는 병사에게 다가갔다.

"일하느라 수고 많으십니다. 더운데 고생이 많으시군요."

"아, 여행 중인 모험가인가? 이미 들었겠지만 왕도는 현재 마왕군의 습격을 경계 중이다. 이런 곳에 있지 말고 왕도에 들어갈 거면 빨리 들어가."

내가 친근한 어조로 말을 걸자 병사는 여전히 주위를 경계하면서 그렇게 말했다.

"아, 왕도에는 볼일이 없어요. 이 나라가 위기에 처했다는 이야기를 들었거든요. 그래서 왕도 인근에 있는 최전선 요새에 원군으로서 가볼까 해요."

"뭐, 원군? ……그래주면 고맙지만, 보아하니 장비도 변변찮은 것 같은데 정말 괜찮겠어? 요새 주위에는 적들의 정예가 잔뜩 있다고."

고가의 장비를 새로 맞추기는 했지만 현재 내가 걸친 것은 전부 간소한 장비들이다.

그러니 언뜻 보면 꽤나 약해 보일 것이다.

"어이 어이, 나를 얕보지 말라고. 우리는 이래 봬도 마왕군 간부를 쓰러뜨린 적도 있어. ……내 이름은 사토 카즈마야. 이름 정도는 들어본 적이 있을 텐데?"

"아앙? 얼빠진 소리 하지 말라고. 너 같은 녀석이……."

나는 과거에 세웠던 공을 자랑했고 한 병사가 미심쩍은 눈초리로 쳐다보며 말을 이으려 했지만…….

"자, 잠깐만 있어봐! 이 남자는 모르겠지만, 저쪽에 있는 사람들은 전에 본 적이 있어!"

좀 떨어진 곳에 주저앉아 이쪽을 쳐다보고 있는 아쿠아 일행을 본 다른 병사가 그렇게 외쳤다.

"맞아! 저기 있는 조그만 애는 폭렬마법으로 마왕군을 한 번에 쓸어버렸던 아크 위저드야!"

"아, 더스티네스 님이야! 수많은 몬스터를 홀로 상대하셨던 더스티네스 님도 계셔!"

"저 푸른 머리카락의 프리스트도 기억나! 전에 마왕군이 쳐들어왔을 때, 지원마법을 마구 펼쳐대며 부상자들을 치료하러 돌아다녔던 사람이야!"

병사들은 내가 아니라 동료들을 손가락으로 가리키며 그렇게 말했다.

우리는 예전에 왕도에서 벌어진 전투에 참가해서 마왕군을 격퇴한 적이 있다. 이 병사들은 당시의 일을 기억하는 것 같았다.

"이제 알아봤나 보네. 맞아. 우리는……."

"아, 너도 생각났어! 코볼트한테 살해당했던 남자야!"

……어.

"아, 그런 녀석도 있었지. 잘난 체하면서 나섰다가 코볼트한테 뭇매를 맞았지."

"너는 약하니까 그런 데 가면 안 돼. 왕도에서 좀 떨어진 곳이기는 하지만, 풋내기 모험가가 모이는 액셀이라는 마을이 있어. 우선 거기에 가서 레벨을 올려."

"이 주변에 있는 몬스터는 대부분 강하거든. 아, 혹시 너는 저 뒤에 있는 사람들의 시종이야? 짐꾼이라고 해도 어느 정도 실력을 갖추는 편이 좋을 거야."

확 이 녀석들에게 따끔한 맛을 보여줄까?

……지금은 불평을 할 때가 아니다.

이유가 있어서 이 병사들에게 말을 걸었으니까 말이다.

"보다시피 우리는 꽤 실력 있는 모험가 파티야. 내가 리더에, 아크 프리스트와 크루세이더, 그리고 아크 위저드는 두 명이나 있지. 파티 구성원도 꽤 호화롭다고."

"그거 엄청난걸! ……그런데 리더인 너는 직업이 뭐야?"

"……그래서 말인데, 지금부터 우리는 요새에 있는 이들을 도우러 갈 거야. 하지만 우리는 실력이 좋긴 해도 이 근처 지리에 어두워. 그러니 요새로 향하는 모험가나 병사가 있다면 동행하고 싶거든. 아, 길안내를 받는 거니까 호위료 같은 건 안 받을 거야. 그러니 안심해."

나는 병사의 질문을 무시하며 당초의 목적을 밝혔다.

걸어서 이틀 정도 걸리는 거리지만 요새로 이어지는 길에서는 강한 몬스터가 출몰한다고 들었다.

그러니 길안내를 부탁하면서 동료를 늘리는 것이다.

우리 멤버 중에 제대로 된 전력은 솔직히 말해 융융뿐이다.

그러니 거물인 척하면서 남들에게 호위를 받는 것이다.

나의 그런 완벽한 작전은―.

"유감이지만 그건 무리다. 마왕군 간부의 공격이 너무 격렬해서 부상당한 모험가들이 이곳으로 퇴각하고 있는 상황이거든. 최전선에서 싸우고 계셨던 폐하와 왕자님께서도 이미 피난하셨어. 이런 상황에 그 위험한 요새로 일부러 가려는 괴짜가 있을 리 없잖아?"

"뭐?"

눈앞에 있는 병사가 입에 담은 뜻밖의 말에 의해 산산조각 났다.

어이, 잠깐만 있어봐. 내가 들었던 것보다 상황이 더 심각한 것 같은데?

그 병사는 굳어버린 나에게 계속 말했다.

"길안내는 해줄 수 없지만, 그 대신 요새로 이어지는 길의 지도와 몬스터 분포도를 줄게. 평범한 모험가라면 말리겠지만 너희라면 괜찮겠지. 힘내라고! 네 이름은 사토 카즈마, 맞지? 모험가 길드와 왕성에도 알려둘게! 사토 카즈마가 이

끄는 용감한 모험가 파티가 전선으로 향했다고 말이야!"

"······어."

저기, 원군으로 갈지 말지 다시 한 번 생각해보고 있거든?

"너희만 믿을게! 고전하고 있는 우리 동료들을 도와줘!"

"그래! 너희가 지난번에 마왕군을 격퇴하는 광경을 두 눈으로 똑똑히 봤다고! 너희라면 해낼 수 있을 거야! 힘내!"

"좋아! 나는 왕도에 사는 주민들에게 이 일을 대대적으로 알리겠어! 다들 기뻐할 거야!"

내가 아무 말도 못 하는 사이에 멋대로 일이 커지더니 나는 지도와 몬스터 분포도를 건네받았다.

"""그럼, 잘 부탁합니다!"""

"아, 예."

─나는 지도를 들고 동료들의 곁으로 터벅터벅 걸어갔다.

"······봤지? 내가 교섭을 해서 요새까지의 길과 몬스터 정보를 알아 왔다고."

"카즈마도 꽤 하네. 목소리는 안 들렸지만 멋진 교섭술이야."

"카즈마가 의외로 의욕이 넘쳐서 놀랐어요. 그럼 출발하죠!"

"······어라.

왠지 도망칠 구멍이 하나하나 막히고 있는 느낌이 드네?

2

─왕도에서 요새까지는 걸어서 이동하면 이틀 정도 걸리는 거리라지만 중계 지점인 장소에 숙박 시설이 있다고 했다.

최전선 같은 위험 지대로 향하는 마차는 당연히 없기에 왕도를 나선 우리는 걸어서 그 중계 지점으로 향했다.

"저기, 여러분. 배고프면 말하세요. 제가 간식을 잔뜩 준비해 왔어요! 참, 저도 초급 마법을 익혔어요. 언제든 깨끗한 물을 만들 수 있으니까 목이 마르면 말하세요! 아! 저기, 메구밍! 그쪽은 위험해! 길이 금방이라도 무너질 것 같아!"

"아까부터 정말 시끄럽네요! 처음으로 소풍 가는 어린애예요?! 오늘은 밤늦게까지 걸어야 하니까 벌써부터 힘을 빼면 나중에 고생할 거라고요."

다른 이들과 함께 여행을 하는 게 즐거운지 붉은 눈동자를 흥분으로 가득 채운 융융이 앞장서서 빠른 걸음으로 걷고 있었다.

예전에 홍마족의 마을에 가면서 잠시 동안 함께 여행한 적이 있지만 이번처럼 외박 여행을 하게 되니 여러모로 심각했다.

그리고 들뜬 사람은 한 명 더 있었다.

"저기, 이건 뭐야? 액셀 근처에서는 본 적이 없는 털 뭉치가 둥실둥실 떠다녀!"

"……으음. 어이, 아쿠아. 그건 케사란파사란이라는 털 뭉치의 정령이다. 무해한 생물이니 그냥 놔둬라. ……아앗, 내가 방금 놔두라고 했지 않느냐!"

아쿠아는 주위에 떠다니는 정체불명의 털 뭉치를 쫓아다니면서 눈을 반짝였다.

"케사란파사란은 눈의 정령의 아종이라 불리는 털 뭉치의 정령이에요. 그러니 너무 괴롭혔다간 그들을 이끄는 대정령에게 습격을 당할지도 몰라요."

나는 애처럼 털 뭉치 무리를 쫓아다니는 아쿠아를 곁눈질하면서 조금 신경 쓰이는 점을 메구밍에게 물었다.

"어이, 메구밍. 진짜로 이 녀석을 데려가도 괜찮겠어?"

나는 앞장서고 있는 융융의 발치에 들러붙은 쵸무스케를 손가락으로 가리키며 말했다.

위험한 최전선에 이 녀석을 데려갈 필요는 없다는 생각이 들었지만 메구밍은 이 검은 털 뭉치가 도움이 될 수도 있다고 주장했다.

"그건 현지에 가보면 알 수 있을 거예요. 그리고 어쩌면 저 애가 저희 곁에 있다는 것만으로 마왕군 간부를 견제할 수 있을지도 몰라요."

내가 이유를 물어봤지만 메구밍은 대답하지 않았다.

나는 자기에게 자주 먹이를 주는 융융을 따르는 저 털 뭉치가 사신이라는 말이 여전히 믿기지 않았다.

"어, 어이, 아쿠아. 진짜로 위험하니까 이제 그만 놔주는 게 어떠냐?"

"잠시만 더 만져볼래. 이 애의 폭신폭신한 털을 만지니 액셀에 두고 온 젤 킹이 떠올라."

"젤 킹과는 오늘 아침에 헤어졌지 않느냐."

등 뒤에서 그런 평화로운 대화가 들려오자 나는 진짜로 이곳이 최전선이 맞는지 의심되기 시작했다.

내가 그런 생각을 하고 있을 때였다.

완전히 방심하고 있던 나는 적 탐지 스킬의 경고를 느꼈다.

요즘 들어 평화에 푹 빠져 살아서인지 오래간만에 느낀 이 경고에 바로 반응하지 못했다.

나는 동료들에게 경고를 하려고 했지만—.

"어이, 모험가들! 거기 서! 이곳을 지나가고 싶으면 돈과 짐을 다 두고 가라!"

—그런 구태의연한 대사를 토하면서 우리 앞을 가로막은 이들은 바로 무장한 남자 집단이었다.

꾀죄죄한 옷차림에 수염을 덥수룩하게 기른 그들을 본 나는 텐션이 급격하게 상승했다.

하지만 그럴 만도 했다. 나는 이 세상에 와서 처음으로 판타지 세계의 왕도라 할 수 있는 이벤트를 경험한 것이다.

그리고 아쿠아도 마찬가지인 것 같았다.

"카즈마, 산적이야! 나, 산적은 처음 봐! 몬스터가 들끓는 이 세상에서 산적 같은 비효율적인 일을 하는 사람이 있을 줄은 꿈에도 몰랐어!"

그렇게 말한 아쿠아는 눈을 반짝이며 남자들을 쳐다보았다.

나는 예전에 이세계 하면 치안이 나쁘고 길거리에 반드시 도적이 있는 곳이라고 생각했다.

그게 내가 아는 판타지 세계의 정석인 것이다.

하지만 현실은 잔인했다. 성벽의 보호를 받을 수 없는 데다 몬스터들이 들끓는 마을 밖에서 지내며 산적질을 하는 것은 정신 나간 짓이나 다름없다.

몬스터가 서식하는 지역에서 서바이벌 생활을 할 수 있을 정도로 전투 능력이 뛰어나다면 언제 사냥감이 나타날지 알 수 없는 불안정한 산적질을 하는 것보다, 어엿한 모험가로서 살아가는 편이 수입도 짭짤하고 안전한 생활을 할 수 있다.

모험가도 생활이 불안정하지만 지명 수배를 당해서 마을에 들어갈 수도 없고 항상 몬스터와 기사단을 두려워하며 살아야 하는 산적보다는 훨씬 낫다.

그런 불우한 인생을 살고 있는 희귀한 존재, 산적과 마주치고 감동을 느낀 이는 아무래도 나와 아쿠아만이 아닌 것 같았다.

"카즈마, 카즈마! 파오리보다 더 희귀하다는 인간형 몬스터, 산적이 나타났어요!"

"정말이네! 산적이야! 나도 몇 번이나 혼자 여행을 했었지만, 산적을 실물로 본 건 처음이야! 홍마의 마을에 돌아가면 마을 사람들에게 자랑해야지!"

두 홍마족이 눈을 반짝이며 그런 소리를 하자 산적들은 분노를 느꼈는지 이를 갈았다.

바로 그때, 나는 다크니스가 너무 조용하다는 사실을 눈치챘다.

아니, 그렇지 않았다.

다크니스는 몸을 부들부들 떨고 있었다. 자신이 그렇게 갈구하던 존재와 드디어 만나 기쁨에 떨고 있는 것이리라.

우리는 눈곱만큼도 무서워하지 않았고 산적들은 분노를 터뜨렸다.

"어이, 이 자식들아! 우리를 얕보는 거냐?! 빨리 돈 내놓으라고!"

리더로 보이는 수염 난 남자가 핏발 선 눈으로 우리를 협박했다.

전형적이다!

그야말로 전형적인 산적이다!

내가 감동에 젖어 있을 때 다크니스가 앞으로 나섰다.

"너희처럼 목욕도 제대로 하지 않아서 남자 냄새가 풀풀 나고! 산속에서 금욕적인 생활을 하느라 눈빛이 욕망으로 가득 찼으며! 힘없고 가련한 여자를 강제로 유린하려 하는 산적들을 상대로! 나, 더스티네스 포드 라라티나는 한 명의 여기사로서 단 한 걸음도 물러설 수 없다!"

우리를 감싸려는 것처럼 앞으로 나선 다크니스는 새빨갛게 볼을 붉힌 채, 그렇게 외쳤다.

"더스티네스……?"

"어, 어이. 저 녀석, 지금 더스티네스라고 했지?"

"더스티네스라면 그 더스티네스 일족을 말하는 거지? 그러고 보니 저 녀석은 금발에 눈도 파래! 저건 귀족의 특징이잖아!"

다크니스는 술렁대는 산적들은 전혀 개의치 않으며 말했다.

"돈과 짐만 두고 가라고 말했지만, 그것만으로 끝낼 생각은 없지? 네놈들의 시선만 봐도 짐작이 되는구나! 네놈들은 우리의 무장을 해제시킨 후 이렇게 말하겠지! 「어이, 이 계집들은 하나같이 반반하잖아! 크큭, 꽤 비싸게 팔리겠는걸……!」 하고 말이다!"

앞으로는 숙녀답게 행동하겠다고 선언했던 변태가 이상한 소리를 해대는 사이, 눈앞에 있던 남자들은 사방으로 뿔뿔이 흩어지며 도망쳤다.

"물론 그게 다가 아니겠지! 「두목, 팔기 전에 우리가 맛 좀 보죠!」라고 말할 거다! 그리고 두목으로 보이는 너는 히죽거리면서 이렇게 지껄이겠지! 「물론이지. 이렇게 끝내주는 계집들을 놔두고 손가락이나 빨고 있을 수야……」. ……어, 어이,

갑자기 어디 가는 것이냐?! 대체 무슨 속셈인 거냐 말이다!"

산적들이 등을 보이며 도망치자 다크니스는 당황했다.

"귀족이 있는 걸 보면 근처에 기사단이 있을 게 틀림없다! 이 자식들아, 도망쳐라!"

"그리고 방금 눈치챘는데, 눈이 빨간 저 애들은 홍마족이 틀림없어!"

"어, 어이, 기다려라! 묘령의 여성들이 눈앞에 있는데 이럴 것이냐!? 기사단은 이 주위에 없으니 안심해라! 서란 말이다! 산적으로서의 긍지를……!"

나는 바보 같은 소리를 하며 산적들을 쫓아가려고 하는 다크니스를 붙잡고 말렸다.

3

"하아, 네가 그 녀석들을 쫓아가려고 난리를 피우니까 이 렇게 된 거잖아."

"으……. 하, 하지만 나는 기사로서 백성들에게 해를 끼치는 존재를 놔둘 수 없었다……."

주위가 완전히 어두워지고 우리는 야영 준비를 마친 뒤 모닥불 주위에 둘러앉아서 휴식을 취했다.

어디 사는 바보가 몇 번이나 산적 퇴치를 제안하며 주위를 수색하는 바람에, 결국 우리는 중계 지점에 도착하지 못

했다.

"하지만 저도 산적 퇴치를 하고 싶었어요. 그 레어 몬스터를 퇴치하면 돈을 입수할 수 있다면서요?"

"어이, 야생의 산적을 몬스터 취급하지 마."

그리고 아무리 상대가 범죄자라도 그건 강도짓이라고…….

"그런데 노숙을 할 거면 누군가가 불침번을 서야 하지? 몬스터를 경계해야 하니까 말이야."

아쿠아는 모닥불에 잔가지를 집어넣은 후 불 위에 올려둔 냄비 안의 내용물을 저으면서 말했다.

냄비 안에 든 스튜에서 좋은 냄새가 났다.

"으, 미, 미안하다. 불침번이라면 내가 서마. 체력은 자신 있으니 다들 한숨 자둬라."

"다크니스 씨, 저는 다 같이 캠핑을 하는 것 같아서 즐거우니까 괜찮아요! 그리고 제가 불침번을 설게요! 맡겨만 주세요!"

다크니스는 미안해하면서 그렇게 말했고 융융이 밝은 목소리로 그렇게 외쳤다.

보아하니 융융은 빈말이 아니라 진짜로 즐거운 것 같았다.

메구밍은 그런 융융을 올려다보면서 불쑥 이렇게 말했다.

"……당신은 더 이상 밤샘을 하면 안 돼요. 어차피 오늘 여행이 너무 기대되어서 어젯밤에는 한 잠도 못 잤을 테죠?"

"그, 그걸 어떻게 안 거야?!"

소풍 전날의 어린애 같군.

"불침번이라면 내가 설게. 나는 야행성 인간이거든. 그리고 나는 적 탐지 스킬과 암시 스킬을 지녔잖아. 몬스터에게 들키지 않도록 식사가 끝나면 모닥불을 끄자."

내가 그렇게 말하자 다크니스는 미안해하듯이 시선을 내리깔면서 입을 열었다.

"미안하다, 카즈마. 내가 경솔한 행동을 한 바람에 이렇게 된 건데……."

"맞아. 너도 이제 어른이니까 모르는 아저씨를 따라가지 말라고."

"걱정하지 마라. 아까는 여기사의 천적이라 할 수 있는 산적이 나타났기 때문에 이성이 날아갔던 거다. 나는 이제 특정 상대에게만 능욕을 당하겠다고 마음속으로 정해뒀지."

"네가 무슨 소리를 하는 건지 모르겠고 알고 싶지도 않지만, 아무튼 그럼 됐어."

다크니스는 진지한 표정으로 바보 같은 소리를 했고 나 또한 진지한 표정으로 그렇게 대답했다.

　—늦은 저녁 식사를 마친 후, 걷느라 지친 이들이 잠자리에 들고 어느 정도의 시간이 흘렀을 즈음의 일이다.

모닥불을 끄고 혼자서 불침번을 서며, 천리안 스킬을 이용한 암시 능력을 향상시켜서 잠을 자고 있는 다른 이들의 얼굴을 볼 수 없을까 싶어 머리를 굴리고 있을 때였다.

그리 멀지 않은 곳에 존재하는 어둠 속.

그곳에 존재하는 몬스터의 기척이 적 탐지 스킬을 통해 희미하게 느껴졌다.

이미 불을 끈 데다, 오늘 밤처럼 하늘이 구름에 뒤덮여서 별빛도 없는 날에는 야행성 몬스터일지라도 우리를 발견하는 건 어려울 거라고 생각하지만—.

그래도 혹시 모르니 나는 동료들의 몸에 손을 대며 잠복 스킬을 발동시켰다.

마치 자고 있는 동료들을 덮치려는 것 같은 구도지만 이건 긴급 피난 조치이며 엉큼한 마음은 눈곱만큼도 없다.

이렇게까지 했으니 들키는 일은 없을 것이다.

……하지만 적 탐지 스킬을 통해 느껴지는 적의 기척은 명백하게 우리를 향해 다가오고 있었다.

시간상으로는 아직 자정이 지나지 않았으리라.

그리고 바로 그때, 나는 다가오는 몬스터의 정체를 눈치챘다.

상대는 바로 아쿠아를 노리는 언데드다.

아쿠아와 단둘이서 던전에 들어갔을 때도 대량의 언데드가 잠복 스킬을 펼친 우리에게 몰려들었다.

어쩔 수 없지. 깨울 수밖에 없나?

하지만 다른 이들이 전투를 벌이기 위해서는 불을 피워야만 한다.

그랬다간 다른 몬스터를 불러들일지도 모르고 불빛에 비친 언데드의 임팩트는 엄청나다.

좀비나 스켈레톤 한두 마리 정도라면 나 혼자서 해치울 수 있을 거다.

나에게는 천리안 스킬이 있다. 다가오면 화살로 저격해서 해치우자.

내가 그런 느긋한 생각을 하면서 적이 다가오기만 기다리고 있을 때였다.

묵직하면서도 불쾌한 소리가 들렸다.

―질질.

그것은 축축한 무언가를 질질 끄는 소리였다.

―질질.

또한 좀비 정도 크기의 생물이 낼 만한 소리가 아니었다.

나는 소리가 들려오는 방향을 주시했지만 적의 형태가 보이지 않았다.

나는 불길한 느낌이 들었기에 어쩔 수 없이 동료들을 깨웠다.

"어이, 뭔가가 다가와. 아마 언데드일 거야. ……어이, 일어나라고. 아쿠아. 아쿠아!"

다른 세 사람은 금방 일어났지만 이 상황에서 가장 필요한 녀석이 눈을 뜨지 않았다.

언데드를 끌어들인 장본인이면서 아직도 퍼질러 자고 있

는 이 녀석은 대체 어떻게 되어먹은 것일까.

—질질.

나는 그 소리가 들리는 방향을 향해 칼을 들면서 전투태세를 취했다.

"어이, 저 바보를 깨워! 그리고 암시로도 적의 윤곽을 파악할 수가 없으니까 불을 피울게!"

다크니스는 검집에 들어 있는 대검을 움켜쥐며 몸을 일으켰고 메구밍은 아쿠아를 흔들었다.

"아쿠아, 아쿠아! 빨리 일어나요! 언데드가 나타났어요!"

메구밍이 그렇게 외쳤지만 아쿠아는 일어날 기색도 보이지 않았다.

"졸리니까…… 오늘은 눈감아 주겠다고 전해……."

"이 빌어먹을 멍청이가! 잠꼬대하지 말라고! 저 언데드의 표적은 너니까, 빨리 일어나서 어떻게 좀 해! 『틴더』!!!!"

나는 평소보다 마력을 더 쏟아부으면서 전방의 지면을 향해 마법을 날렸다.

불씨가 없는 지면에 마법의 불이 생겨났다.

대량의 마력을 쏟아부었지만 불은 금방 꺼졌다.

하지만 그 불에 비친 적을 본 순간, 왜 암시 스킬을 썼는데도 상대가 보이지 않은 것인지 이해했다.

적은 이미 내 시야에 들어왔던 것이다.

그리고 윤곽이 보이지 않은 것은 그저 상대의 몸집이 지나치게 컸기 때문이다.

"아…… 아아아아……. 드……, 드드드, 드……!"

메구밍은 그것을 보더니 당황할 대로 당황했다.

"말도 안 돼……. 어, 어째서, 이런 곳에……!"

지금까지 수많은 강적을 상대해왔을 융융조차 표정을 딱딱하게 굳힌 채 뒷걸음질 쳤다.

평소 강적이 나타나면 희희낙락하면서 돌격을 감행하는 다크니스마저도 상황을 살피면서 마른침을 삼켰다.

"……빠, 빨리 아쿠아를……. 아, 아쿠아를 깨워……."

나는 눈앞에 있는 적을 올려다보며 망연자실한 목소리로 중얼거렸다.

"—————!!!!!"

말로 형용할 수 없는 소리가 한밤의 어둠 속에 울려 퍼졌다.

포효를 지른 것 같지만 이미 성대가 썩은 탓에 방금 같은 소리만 났다.

거대한 입을 크게 벌리면서 목소리를 내려고 할 때마다 뭔가가 주위에 떨어졌다.

철푸덕 하는 소리를 내며 땅에 떨어진 것은 썩어버린 몸의 일부였다.

"언데드라고 해도 드래곤을 상대하게 되다니, 성기사로서 이것보다 더 명예로운 일은 없을 거다! 셋 다 물러나라!"

다크니스는 우리를 감싸듯 앞으로 나서며 대검을 뽑아 들었다.

"————————!!!!"

다크니스의 적의를 감지한 적은 말로 형용할 수 없는 소리를 내더니 거대한 몸을 질질 끌고 우리를 향해 돌아섰다!

"아쿠아~! 아쿠아 니이이이이임~! 드래곤이! 드래곤 좀비가 나타났어! 빨리! 부탁이야! 빨리 저것 좀 어떻게 해봐아아아아앗!"

집 한 채 정도는 간단히 짓뭉개버릴 만큼 거대한 체구를 지닌 드래곤 좀비가 날개를 펼치자, 안 그래도 거대한 몸이 더욱 부푼 것처럼 보였다.

나는 절망의 밑바닥에 내동댕이쳐진 심정을 맛보면서 아쿠아를 불러댔다.

하지만 아쿠아는 돌아누우며 긴박감이라고는 눈곱만큼도 느껴지지 않는 목소리로—.

"으음……. 드래곤 좀비 정도야…… 젤 킹한테 걸리면……."

"잠꼬대 그만하고 빨리 일어나! 안 그러면 너를 드래곤 좀비한테 먹이 삼아 던져줄 거야!"

바로 그때, 드래곤 좀비가 다크니스에게 달려들었다!

4

"『턴 언데드』—!!"

아쿠아가 마법을 펼치자, 드래곤 좀비는 소리 없는 비명을 지르며 빛에 휘감긴 채 정화되었다.

언데드와 싸울 때만큼은 정말 도움이 되는 녀석이라니깐.

나는 아쿠아에게 고맙다는 말을 하려고…….

……어?

잠깐만. 잘 생각해보니 이 드래곤 좀비가 나타난 건 아쿠아 때문이잖아.

나는 지면에 쓰러진 채 꼼짝도 하지 않는 다크니스를 쳐다보았다.

"다크니스! 정신 차려요, 다크니스! 상처는 깊지 않다고요! 빨리 눈을 떠요!"

"저기, 메구밍! 흔들면 안 돼! 이이이, 이럴 때야말로 차분해야 한다구!"

그리고 아쿠아가 진작 일어나서 드래곤 좀비를 정화했다면 다크니스가 우리를 감싸다 기절하는 사태도 벌어지지 않았을 것이다.

"흐흥, 드래곤 좀비조차도 내 상대는 못 되는 것 같네. 자, 카즈마. 성심성의를 다해 나를 우러러 받들라구우우웃~?!"

나는 아무 말 없이 아쿠아의 두 볼에 양손을 댄 다음, 드레인 터치를 사용했다.

"앗, 뭐하는 거야?! 느닷없이 그런 짓을 하면 저항을 할 수가 없잖아!"

내 손을 쳐낸 아쿠아가 울상을 지으면서 나에게 따졌다.

"저항하지 못하라고 기습을 한 거야! 다크니스를 좀 보라고! 드래곤 좀비는 바로 너 때문에 나타난 거잖아! 남이 깨우면 후딱 좀 일어나란 말이다! 나는 불침번을 서느라 잠을 못 잤으니까, 네 체력을 흡수해주겠어."

"뭐어?! 시, 싫어! 방금은 기습이라서 당했지만, 다음에는 네 드레인 터치에 저항할 거야. 리치가 직접 쓴 드레인도 나한테는 안 통했거든? 흡수할 수 있으면 어디 해봐!"

진짜 자기중심적인 녀석이네!

나는 괴상한 포즈를 취한 아쿠아를 일단 방치해두기로 마음먹으며 다크니스에게 서둘러 다가갔다. 그리고 틴더로 만들어낸 불을 이용해 그녀의 몸을 살펴봤다.

내가 아쿠아를 두들겨 패서 깨우는 사이, 다크니스는 드래곤 좀비의 공격을 혼자서 다 맞고 있었지만…….

"『힐』! ……역시 다크니스는 대단하다니깐. 드래곤 좀비는 드래곤의 전매특허인 브레스를 뿜지 못하지만, 불사신이 되면서 몸에 존재하는 리미터가 풀린 바람에 물리 공격의 위력이 생전의 드래곤을 능가하기도 하거든? 그런 드래곤 좀비의 공격을 정통으로 맞았으면서 용케도 으깨지지 않았네."

아쿠아는 다크니스에게 힐을 걸어주면서 그런 무시무시한 소리를 했다.

확실히 다크니스가 이렇게 간단히 당해버리는 건 꽤나 드문 일이다.

그 정도로 최전선 근처의 몬스터는 무시무시한 걸까.

……그리고 드래곤 좀비가 있다면 살아 있는 드래곤도 이 근처에 있을지도 모른다.

하지만 이 근처의 몬스터 분포도에 드래곤 좀비는 실려 있었지만 드래곤은 없었다. 그러니 괜찮을 거라고 믿고 싶다.

메구밍과 융융은 종잇장처럼 구겨진 갑옷을 걸친 채 축 늘어진 다크니스를 옆에서 걱정스러운 듯 쳐다보고 있었다.

……바로 그때, 나는 어떤 사실을 깨달았다.

"큰일 났네. 방금 전투에서 발생한 빛과 틴더의 불빛 때문에 몬스터가 이곳으로 모여들기 시작했어. 적 탐지 스킬이 미친 듯이 반응을 보이고 있다고. 어쩔 수 없지. 이동하자. 아쿠아는 다크니스를 업어. 내가 너와 다크니스의 짐을 들 겠어."

"뭐어?! 나보고 다크니스를 업으라는 거야? 갑옷을 입은 다크니스는 어마어마하게 무겁거든?! 그리고 이렇게 어두운데 이동하려는 거야?!"

나는 짐을 능숙하게 정리하면서 말했다.

"자기 자신한테 근력 강화 마법을 걸면 되잖아. 나는 무리지만, 너는 운과 지력 이외의 스테이터스가 높으니 할 수 있을 거야. 아, 나한테도 걸어줘. 세 명 몫의 짐을 들어야 하니까 지원마법 없이는 힘들 거야. 메구밍과 융융은 양쪽에서 내 손을 잡아. 나는 암시를 쓸 수 있으니까, 너희의 손을 잡아끌면서 이동할게. 넘어지지 않도록 발밑을 잘 살펴."

나는 그렇게 말하면서 세 명 몫의 짐을 짊어졌다.

크으……. 엄청 무겁네……!

"아무리 갑옷을 입었어도 그렇지, 다크니스는 왜 이렇게 무거운 거야? 게다가 드래곤 좀비한테 물렸던 탓인지 다크니스의 온몸에서 시큼털털한 냄새가 나는데……."

"……다크니스는 자기가 근육질이라는 걸 꽤 신경 쓰고 있거든? 그 녀석이 듣는 데서는 입이 찢어져도 그런 소리를 하지 마."

—갑옷을 걸친 다크니스를 업은 아쿠아가 걸음을 옮길 때마다 덜컹덜컹 하는 소리가 났다.

별도 보이지 않을 만큼 구름이 잔뜩 낀 하늘 아래에서 우리는 어둠 속을 나아갔다.

나보다 뛰어난 암시 능력을 지닌 아쿠아가 앞장을 서며 즐거운 목소리로 말했다.

"왠지 이렇게 어두컴컴한 곳을 걷고 있으니, 카즈마와 단둘이서 던전에 들어갔을 때가 생각나네. 그때 카즈마가 어둠 속에서 내 엉덩이를 만지려고 했었잖아."

"어이, 그런 말도 안 되는 헛소문을 퍼뜨리면 확 두고 갈 거야."

어둠 속에서 그런 소리를 하고 있을 때 메구밍이 웃음을 터뜨렸다.

"드래곤 좀비와 마주친 걸로 모자라, 이 위험 지대에서 몬스터들로부터 도망치고 있는 와중에도 왜 이렇게 안심이 되는 걸까요. 강한 파티는 아니지만 여러분과 함께 있으면 그 어떤 일이 일어나도 괜찮을 것 같아요."

메구밍은 그렇게 말하면서 나와 맞잡은 손에 살짝 힘을 줬다.

……이런 별것 아닌 행동을 하나하나 신경 쓰는 나 자신이 정말 한심하다.

"부러워……. 나도 언젠가 이런 동료들이 생길까?"

메구밍과 마찬가지로 내 손을 쥔 윤윤이 부러워하면서 그런 말을—

바로 그때, 내 오른손을 쥔 메구밍이 어찌 된 영문인지 손에 힘을 줬다.

"뭐, 무리겠죠. 윤윤은 우선 친구부터 늘려야 할 거예요."

"뭐?!"

"이, 인마. 이런 훈훈한 분위기에 찬물 끼얹지 말라고!"

5

한동안 걷다 보니, 이윽고 다크니스가 정신을 차렸다.

기왕 이렇게 된 김에 좀 더 어둠 속을 나아가던 우리는 중계 지점의 불빛을 발견하고 한숨을 내쉬었다.

중계 지점의 숙박 시설은 귀족의 저택만 한 건물이었으며 튼튼한 벽에 둘러싸여 있었다.

그 불빛을 향해 다가가 보니 인상적인 간판이 눈에 들어왔다.

"이 숙박 시설은 온천여관인가 보군요……. 온천 하니 예전에 다 같이 아르칸레티아에 갔을 때가 생각나네요."

메구밍이 그리움이 어린 목소리로 그렇게 말하며 웃음을 흘리자 다크니스도 그 말에 동의한다는 듯 입을 열었다.

"음. 그때는 남탕에 들어간 카즈마가 여탕에 있는 우리가 뭘 하는지 알려고 귀를 쫑긋 세웠지."

"카, 카즈마 씨, 그런 짓을 했었나요……?"

어이쿠, 윤윤이 쓰레기를 쳐다보는 듯한 눈길로 나를 보고 있군요.

"저기, 카즈마. 이런 변경의 온천여관은 대부분 혼욕이야. 카즈마는 우리가 목욕을 한 다음에 들어가 줬으면 해. 왜냐면 우리의 정조가 위험할 것 같거든."

"너는 정말 지나칠 정도로 자의식 과잉이구나. 나한테도 상대를 고를 권리 정도는 있다고."

나와 아쿠아가 서로의 손을 맞잡은 채 다투고 있을 때 메구밍이 즐거운 목소리로 말했다.

"그럼 들어가죠. 이런 곳에 있는 숙박 시설이라면 사람이 많지 않을 거예요. 아마 저희가 전세를 낸 거나 마찬가지일 걸요?"

"내가 가장 먼저 탕에 들어갈래! 아니면 다 같이 들어갈까?"

"나는 아무래도 상관없어."

내가 방금 한 말은 깔끔하게 무시당했다.

"잠깐만요. 아쿠아는 아르칸레티아의 온천물을 맹물로 만들었잖아요. 아쿠아는 가장 마지막에 목욕하세요."

"뭐, 때로는 다 같이 목욕을 하는 것도 좋을 것 같구나. 이런 것도 여행의 재미니까 말이야."

"다 같이 목욕……. 목욕……."

그녀들은 시끌벅적하게 떠들면서 숙박 시설에 들어갔다.

……내 말 좀 들은 척이라도 해달라고.

바로 그때, 메구밍은 홀로 남겨져 있는 나를 향해 돌아서더니—

"제가 같이 들어가 줄까요?"

—라고 말하면서 웃음을 흘렸다.

인마, 웃지 말라고. 이 상황에서 내가 같이 들어가자고 하면 당황할 거면서…….

내가 마음속으로 약간 동요하고 있을 때 다크니스가 나를 향해 돌아섰다.

"가능한 한 빨리 끝낼 테니 그 후에 느긋하게 목욕해라.

너는 목욕을 꽤 오래 하는 편이지 않느냐."

일본인은 원래 목욕을 좋아한다고…….

"뭐, 네가 원한다면 지난번처럼 등을 씻겨줄 수도 있다."

다크니스는 걸음을 멈추더니 메구밍과 비슷한 표정을 지으며 그렇게 말했다.

"너희 둘, 뭐라도 잘못 먹었어? 사람은 여행지에서 개방적으로 변한다는 이야기를 들은 적은 있지만, 그래도 잘 생각해보고 말을 해. 내가 그 말을 진심으로 받아들이고 같이 목욕하자고 하면 너희는……."

"좋아요. 그럼 같이 목욕할까요?"

"좋다. 너한테 그럴 만한 배짱이 있다면 언제든지 등을 씻겨주마."

두 사람은 내가 이런 말을 하리라는 것을 일찌감치 예상했었는지 도발적인 표정을 지으며 그렇게 말했다.

……어라~?

뭐가 어떻게 된 거야? 저 두 사람, 어느새 이렇게 쉬운 여자가 된 거지?

내가 조금만 밀어붙이면 그대로 넘어오는 거 아냐?

어쩌지? 그냥 진짜로 같이 목욕하자고 말해볼까?

"자, 가죠. 카즈마."

나는 즐거워하는 목소리로 그렇게 말한 메구밍의 안심할 대로 안심한 표정을 보고 이해했다.

그녀는 내가 말만 이럴 뿐, 아무 짓도 하지 않을 거라고 철석같이 믿고 있는 것이다.

6

　—이 감정은 대체 뭐지?

　솔직히 말해 아까 그 말을 들었더니 야한 짓이 하고 싶어졌다. 러브러브도 하고 싶다. 엄청 하고 싶다.

　하지만 그녀들의 신뢰와 기대를 배신하고 싶지 않다.

　대체 저 녀석들은 나를 어떻게 생각하고 있는 걸까.

　메구밍을 싫어하지는 않는다, 좋아한다는 소리를 농담 투로 몇 번이나 했지만 사귀자 같은 결정적인 말은 하지 않았다. 다크니스 또한 나와 어른의 계단을 올라갈 뻔했으면서, 다시 한집에서 살고 언제든 그런 관계가 될 수 있게 되자 나와 거리를 뒀다.

　저 녀석들은 대체 무슨 생각인 거야?!

　여자 마음은 알다가도 모르겠네. 내가 확 대시해도 괜찮은 걸까?

　괜찮을 것 같지만 혹시라도 착각하지 말라는 소리를 들었다간 더는 같이 다니지 못할 것이다.

　젠장, 나는 어쩌다 이렇게 되어버린 거지? 나, 이렇게 겁이 많았나?

애초에 나는 그 녀석들을 좋아하는 걸까.

우유부단한 나는 그것도 모르겠다.

서큐버스 서비스를 받은 직후라면 딱히 좋아하지 않는다고 말할지도 모른다.

내가 생각해도 정말 최악이지만 이렇게 끙끙 앓기만 해봤자 제대로 된 대답을 찾을 수 없을 것 같았다.

일단 우선 목욕이라도 하면서 느긋하게 생각해봐야겠다.

나는 결론을 미루고 탈의실에서 옷을 벗었다.

—그리고 거울 앞에 서서, 레벨업을 꾸준히 해온 덕분에 내 몸도 꽤 괜찮아졌다고 생각하며 여러 포즈를 취하고 있을 때였다.

지금은 자정이 지났으니 보통은 사람이 없을 시간대지만 욕실 쪽에서 콧노래를 흥얼거리는 소리가 들려왔다.

듣는 이를 기분 좋게 만들어주는 그 콧노래가 욕실에 있는 인물이 여성이라는 사실을 알려줬다.

동료들은 내가 나중에 목욕하러 올 거라는 사실을 알고 있다. 그런데도 욕실에 누군가가 있었다.

혹시 메구밍이나 다크니스가 또 나를 놀리려고 욕실에 남아 있는 걸까.

나는 그 정도로 그녀들에게 얕보이고 만 것일까.

……좋아. 결심했어.

더는 고민하지 않기로 했다.

욕실에 있는 사람이 메구밍이든, 다크니스든 간에 어중간하게 추파를 던지며 나를 놀리려한다면 확 덮쳐버리자.

엉엉 울며 사과하더라도 그대로 갈 데까지 가버리기로 작정했다.

파티 안에서의 관계 따위, 내가 알 바 아니다.

그렇게 결심하자 왠지 마음속이 맑아지면서 지금까지 괜한 고민을 하고 있었다는 생각이 들었다.

그딴 고민은 나에게 어울리지 않는다.

그렇다. 나는 나답게 살 거다.

나는 활활 끓어오르는 마음을 가슴에 품으며, 욕실의 문을 힘차게 열어젖혔고―.

붉은 머리카락을 지닌 누님이 욕조에 들어가 있었다.

"……어머? 누군가 했더니 꽤 반가운 얼굴이네. 나, 기억해? 전에 아르칸레티아의 온천에서 만났던……."

부드러운 미소를 지으며 그런 말을 하는 여성을 향해, 나는 한 치의 주저도 없이 딱 잘라 말했다.

"너를 죽이겠다!"

"그게 무슨 소리야?!"

―나는 여전히 공포에 떨고 있는 그 누님과 거리를 두며

온천에 들어갔다.

"와아, 좋은 온천이네요. 그리고 그렇게 겁먹을 필요 없어요. 모처럼 각오를 다졌는데 약간 김이 샜다고 할까, 동료가 목욕 중인 줄 알고 착각한 것뿐이거든요."

"그, 그래? 그래도 초면이나 다름없는 상대에게 느닷없이 살해 선언을 당했으니 겁먹는 것도 당연하잖아. 뭐랄까, 눈빛에도 진심이 어려 있었고 살기도 마구 뿜고 있었으니까……."

그 누님은 고양이를 연상케 하는 인상적인 노란색 눈동자 속에 두려움을 담은 채 그렇게 말했다.

"괜찮아요. 나도 누님이 생각났거든요. 아르칸레티아에서 만났던, 내가 가슴을 뚫어져라 쳐다보자 울상을 지었던 누님 맞죠? 가슴이 엄청 컸기 때문에 아직 기억하고 있어요."

"저, 저기……. 이런 말을 하는 건 좀 그렇지만, 겨우 두 번 만난 사람한테 가슴이 크다고 말하는 건 성희롱인 것 같은데……."

"아, 나는 이미 결심했거든요. 내 본심이나 본성을 감추면서 살아가는 건 관두기로요. 나는 이제 아무것도 참지 않으면서 나답게 살아가기로 했어요."

"꽤 좋은 말 같지만, 이런 상황에서 들으니 위기가 찾아온 것 같은 느낌이 드네……."

누님은 더욱 겁먹은 눈빛으로 나를 쳐다보더니 자신의 알몸을 감추려는 것처럼 우윳빛 온천물에 어깨까지 몸을 담갔다.

아무래도 선량하기 그지없는 나를 엄청 경계하고 있는 것 같았다.

바로 그때, 나는 이 누님과 처음 만났을 때를 떠올렸다.

이 사람은 일전에 아르칸레티아에서 파괴 공작을 자행하던 마왕군 간부, 데들리 포이즌 슬라임인 한스와 마치 동료인 듯한 말투로 대화를 나눴다.

즉, 이 누님은 마왕군의 관계자이니 원래라면 경계해야겠지만—.

"그런데 너는 왜 이런 곳에 온 거니? 그리고 보니 예전에 모험가라고 했지? 이 근처에는 무시무시한 몬스터가 많아. 좀 무례하게 들릴지도 모르지만, 너는 그렇게 강해 보이지 않는데 괜찮겠어?"

이 누님은 나를 의심하는 게 아니라 순수하게 걱정해주고 있는 것 같았다.

나는 이 누님의 태도를 보고 김이 샜다.

원래라면 모험가로서 이 사람의 정체를 캐봐야겠지만 나는 불가사의하게도 초면에 가까운 이 누님이 싫지 않았다.

"괜찮아요. 나는 약하지만, 이번에는 믿음직한 홍마족과 같이 왔거든요. 솔직히 말해 나도 이런 곳에 오고 싶지 않았지만, 동료가 하도 고집을 부리는 바람에 온 거예요. 그런데 누님이야말로 무슨 일로 이런 곳에 온 거예요?"

"나? ……그게 말이지. 매일같이 최선을 다하고 있는 나에게 주는 포상 삼아 온천을 즐기러 왔다고 할까? 그리고 겸 사겸사 나의 소중한 파트너를 찾고 있어."

누님은 마치 진취적인 여성 같은 발언을 했다.

"파트너를 찾는다고요? 애인을 찾는 건가요?"

"으음, 애인은 아냐. 짝꿍이랄까, 힘을 봉인당한 또 하나의 나라고 할까……. 뭐, 지금은 반쯤 포기했어."

누님은 그렇게 말하더니 약간 쓸쓸한 표정을 지었다.

"왜 포기한 건데요? 내 동료 중에 비슷한 타입의 정신 나간…… 아, 특수한 사정에 관해 해박한 녀석이 있는데, 소개해줄까요? 마침 이 여관에 묵고 있어요."

"으음……. 그 사람, 홍마족 맞지? 괜찮아. 나는 그런 쪽이 아니니까 개의치 마."

누님은 표정이 약간 질렸지만 그래도 미소를 지었다.

"그런가요? 뭐, 그렇다면야……. 하지만 푸념 정도라면 내가 들어줄 테니까 사양하지 말고 얼마든지 해요."

내가 느긋한 어조로 그렇게 말하자 누님은 왠지 즐거워하면서 말했다.

"어머, 푸념을 들어줄 거야? ……실은 홍마의 마을 한편에 내 반쪽이라고나 할까, 파트너라고나 할까, 사신이라고나 할까…… 아무튼 짝꿍 같은 검은 고양이가 먼 옛날에 봉인된 무덤이 있어."

누님은 어딘가에서 들어본 이야기를 시작했다.

눈동자가 붉고, 변변찮은 짓만 해대는 녀석들에게서 최근에 비슷한 이야기를 들었던 것 같았다.

"나와 함께 해방되었을 때, 꽤 울분이 쌓여 있었는지 말이 안 통하지 뭐야. 그래서 한동안 더 자고 있게 했는데……. 때가 되었다 싶어서 살펴보러 갔더니 이미 봉인이 풀린 데다, 짝꿍은 누군가에게 끌려가 버렸지 뭐야."

혹시나 하고 생각하면서도—.

"……저기 말이죠. 그 짝꿍이라는 검은 고양이가 하늘을 날아다니거나 불을 뿜지는 않나요?"

"미안한데 네가 무슨 소리를 하는 건지 모르겠어."

누님은 「이 녀석, 대체 무슨 소리를 하는 거지?」라고 말하는 듯한 표정을 지었다.

잠깐만 있어봐. 왜 나는 사신이니, 봉인이니, 같은 소리를 하는 사람한테 이런 취급을 당하고 있는 거지?

나는 마음을 진정시키면서 말을 이었다.

"그게 말이죠. 내 동료인 홍마족은 자기가 기르는 검은 고양이가 사신이라고 주장하고 있거든요."

내가 그렇게 말한 순간 누님의 표정이 갑자기 굳었다.

"……홍마족이 기르는 검은 고양이? 기른다는 표현은 좀 그렇지만, 그 홍마족이 진짜로 사신이라고 말한 거야?"

"아, 예……. 뭐, 자신은 전생에 파괴신이었다고 주장하는 녀석의 말이니까 진담으로 받아들이는 건 좀 그렇지만요."

누님의 태도가 갑자기 달라지자 나는 당황하면서 그렇게 말했다.

"그, 그렇구나. 그래도 하나만 물어볼게. 그 고양이는……나태한 사람을 잘 따르지 않아?"

"……글쎄요? 그 고양이가 가장 따르는 사람은 나지만, 나는 딱히 나태하지 않거든요. 파티 결성 당시에는 내가 가장 많은 일을 했고, 동료들 중에서 가장 상식적이고 제대로 된 인간이라고 자부해요."

"그, 그렇구나……. 그 고양이, 혹시 엄청 흉포하지는 않아?"

누님은 약간 질린 반응을 보이며 물었다.

"갓 태어난 병아리에게 쫓겨 다닐 정도로 겁쟁이인데요."

"대답해줘서 고마워. 내가 찾는 상대는 아닌 것 같네."

내 말을 듣고 뭔가를 확신한 그 누님은 물에 젖은 수건을 몸에 두르면서 몸을 일으켰다.

"그럼 나는 나가 볼게. 이 근처는 격전지야. 그리고 산적 같은 희귀한 집단과 마주칠 정도로 치안이 나빠. 그러니 가능하면 왕도로 돌아가는 편이 좋을 거야."

그렇게 말한 누님은 노란 눈동자를 고양이처럼 가늘게 만들더니 상냥한 미소를 지었다.

"……왠지 나는 누님이 남처럼 느껴지지 않네요. 이 이상한 감각은 대체 뭘까요? 아, 딱히 누님을 꼬시는 건 아니에요."

나는 이상한 소리라고 생각하며 그렇게 말했고 누님은 미심쩍어하는 게 아니라 놀란 표정을 지으며 눈을 치켜떴다.

"어머…… 이런 우연도 다 있네. 나도 네가 남처럼 느껴지지 않아. 그래서 이렇게 만날 때마다 충고를 해주는 거야. ……어쩌면 너는 내 반쪽과 어디선가 만나서 돌봐 준 적이 있는 건지도 모르겠네."

누님은 농담 투로 그렇게 말하더니 미소를 지으며 욕실 밖으로 나갔다.

그런 그녀를 지켜본 나는 저 누님이 마왕군 관계자라는 사실을 알면서도 도저히 위험하다고 생각할 수가 없었다.

만약 또 만나게 된다면 그때는 왜 마왕군 같은 데에 속한 것인지를 물어…….

"……아차! 저 누님의 이름을 물어보는 걸 깜빡했어!"

7

다음 날 아침.

숙박 시설에서 하룻밤 묵은 우리는 의기양양하게 요새로 향했다.

"카즈마. 오늘은 왠지 기분이 좋아 보이네요. 어제 밤늦게까지 목욕을 한 것 같던데, 무슨 좋은 일이라도 있었나요?"

메구밍은 요새로 이어지는 길을 걸으면서 밝은 목소리로

그렇게 말했다.

"뭐, 맞아. 어젯밤에 너희가 목욕을 마친 후에 욕실에 들어갔더니, 저번에 아르칸레티아에서 만났던 엄청난 미인 누님이 온천을 즐기고 있더라고."

내가 기분 좋은 목소리로 그렇게 대답하자 메구밍은 걸음을 멈췄다.

"호, 호오? 그거 잘됐네요. 그럼 혼욕을 즐겼다는 건가요?"

"그렇다고 할 수 있지. 음, 엄청 크더라고. 어쩌면 다크니스보다 클지도 몰라."

내 말에 귀를 기울이고 있던 다크니스가 갑자기 고함을 질렀다.

"너 지금 무슨 소리를 하는 것이냐! 그리고 잠시 눈을 뗀 사이에 대체 무슨 짓을 한 거냔 말이다. ……그건 그렇고, 이렇게 낡은 중계 지점의 여관에 여자가 혼자 묵다니, 좀 미심쩍구나."

어젯밤에 드래곤 좀비와 싸우느라 손상된 갑옷을 짊어진 다크니스는 화를 내는 것인지 멋쩍어하는 것인지 구분이 안 되는 표정을 지으며 설교 같은 소리를 했다.

"괜찮아. 그 누님은 나한테 충고를 해줬다고. 아르칸레티아 때도 그랬는데, 이번에는 산적이 출몰하니까 조심하라고 말해주더라."

나는 느긋한 목소리로 그렇게 말했고 우리의 대화에 귀를 기울이던 융융이 고개를 갸웃거리며 입을 열었다.

"저기, 그럼 그 사람은 이 근처에서 산적과 마주친 적이 있다는 거죠? 아마 어제 저희와 마주쳤던 산적들과 말이에요. 카즈마 씨의 말에 따르면 미인인 것 같으니까, 무사하기 힘들 것 같은데……."

"호오. 융융은 생긴 것과 달리, 여전히 엉큼한 망상을 마구 하는 것 같군요."

메구밍은 자신의 발치에서 뛰고 있는 촘스케를 피하면서 융융을 향해 그렇게 말했다.

어, 그러고 보니 융융의 말이 맞잖아.

그 누님은 산적과 마주치고 어째서 무사했던 걸까?

……뭐, 그 누님은 마왕군 관계자잖아.

어쩌면 겉모습과 달리 엄청난 실력자일지도 몰라.

하지만 나는 그런 생각을 하면서도 그 누님을 딱히 위험하다고 생각하지 않았다.

평소 같으면 산적을 격퇴했을지도 모르는 그 누님을 경계했을 테지만, 함께 몇 번이나 목욕을 해서인지 위험하게 여겨지지 않았다.

"잠깐만! 상대가 산적이니까 그렇게 생각하는 게 정상 아냐?! 그리고 메구밍한테는 그런 말을 듣고 싶지 않거든?! 너는 카즈마 씨와 같이 목욕도 했고, 한 이부자리에서 자기도 했잖아!"

"어이, 내가 직접 그 말을 했을 때는 괜찮았지만, 남한테 들으면 엄청 부끄러우니까 이제 그만 입 다물어주실까!"

괜히 허세를 부려서 이렇게 역습을 당하고 있는 메구밍을 쳐다보며 나는 그 누님을 떠올렸다.

"……정말 컸어."

"'윽?!'"

―오늘은 또 케사란파사란을 쫓아다니던 아쿠아가 느닷없이 나타난 털 뭉치의 대정령에게 역습을 당하고 엉엉 운 것 빼고는 별다른 일이 없었다.

그리고 주위가 어둑어둑해졌을 즈음, 우리는 목적지인 요새에 도착했다.

"크네……."

현재, 우리는 왕성에 버금갈 정도로 큰 요새를 올려다보고 있었다.

최전선을 유지하고 있는 요새답게 이 튼튼한 외벽은 쉽사리 파괴될 것 같지 않았다.

천 명 정도가 안에서 생활할 수 있는 이 요새는 존재 자체만으로도 주위를 압도하고 있었다.

"이 요새가 마왕군 간부 한 명 때문에 함락될 위기에 처했다는 거야? 아무리 간부라고 해도 무리일 것 같은데?"

"나도 그렇게 생각하지만, 마왕군 간부는 홀로 도시를 궤멸시킬 수 있는 녀석들이지. 우리가 지금까지 간단히 해치웠던 게 비정상적인 일이다."

나는 다크니스의 말을 들으면서 지금까지 싸웠던 마왕군 간부들을 떠올렸다.

—다수가 동시에 덤벼들어도 빈틈이 없고, 압도적인 검술 실력을 자랑하며, 언데드 특유의 무한한 체력과 강력한 마법 저항력을 지닌 데다, 일정 기간 후에 죽음에 이르게 만드는 죽음의 선고로 그 어떤 강적일지라도 죽일 수 있는 듈라한 베르디아.

—인간으로 변하는 능력을 지녔고, 뛰어난 마법 저항력과 닿기만 해도 즉사하는 맹독을 보유했으며, 압도적인 거대한 몸집으로 모든 것을 집어삼키는 데들리 포이즌 슬라임 한스.

—많은 몬스터들을 집어삼켜 다양한 특성과 능력을 자기 것으로 만든, 무한히 진화하는 키메라 실비아.

—대체 어떻게 해야 소멸시킬 수 있는지도 알 수 없는, 존재 자체가 반칙이라 해도 과언이 아닌 공작급 악마 바닐.

—상급 마법과 텔레포트, 그리고 폭력마법까지 사용하며, 일반적인 무기로는 상처도 낼 수 없는 육체와 드레인 터치를 비롯한 다양한 특수 능력을 지닌 언데드의 왕, 리치 위즈.

……능력과 실력만으로 본다면 하나같이 내가 용케도 살

아남았다고 해도 과언이 아닌 녀석들이다.

어쩌지. 폭렬마법과 튼튼한 요새만 있으면 여유롭게 이길 수 있을 거라고 생각했는데, 갑자기 돌아가고 싶어졌다.

바로 그때였다.

내가 겁을 집어먹고 있을 때, 요새의 보초가 우리를 발견했는지 기사 몇 명이 밖으로 나왔다.

"거기 있는 모험가. 이곳은 마왕군을 막기 위한 요새다. 무슨 일로 이곳에 온 거지?"

기사 중 한 명은 이런 곳에 나타난 우리를 경계하며 다가왔다.

"우리는 이 나라가 위기에 처했다는 걸 알고 도우려고 온 모험가예요. 상급 직업이 많으니까 꽤 도움이 될 걸요?"

"상급 직업……. 그런가. 와줘서 고맙다. 하지만 신분을 증명할 수 있는 게 있다면 보여줬으면 한다. 마왕군 간부가 이 근처에 잠복하고 있을 가능성이 있으니까. 음, 우선……."

메구밍이 모험가 카드를 내밀자 그것을 건네받은 기사가 그대로 딱딱하게 굳었다.

"……메, 메구밍…… 씨……입니까?"

"제 이름에 무슨 문제라도 있나요?"

"아뇨! 아무것도 아닙니다. 실례했습니다. 그럼 이쪽 분은……. 융융 씨, 군요."

"아, 예……. 제 본명이에요. 융융이라고 해요……."

"어이, 우리 이름에 대해 뭔가 할 말이 있다면 어디 한번 지껄여봐라!"

기사는 홍마족의 이름에 계속 이상한 반응을 보였고 메구밍은 지팡이를 휘두르며 분노를 터뜨렸다.

"아뇨, 괜찮습니다. 실례했습니다! 그럼 다음 분은…… 사토 카즈마. ……사토, 카즈마?"

메구밍과 융융에게 허둥지둥 카드를 돌려준 기사는 내 카드를 보더니 미심쩍은 표정을 지었다.

어이쿠, 이름이 특이한 홍마족 두 명과 달리, 평범하기 그지없는 내 이름에 반응을 보이는 것을 보면 나도 꽤 유명해진 걸지도 모른다.

그렇다. 우리는 이러쿵저러쿵해도, 지금까지 많은 공적을—.

"사토 카즈마! 그 악명 높은 사토 카즈마?! 왕도에서 아이리스 님에게 감언이설을 해대고, 클레어 님과 레인 님에게 폐를 잔뜩 끼친, 그 흉악한……!"

"어이, 잠깐만 있어봐."

이 나라의 기사들 사이에서는 이런 말도 안 되는 소문이 돌고 있는 건가.

뭐, 틀린 이야기는 아니지만, 그래도…….

"저기, 죄송합니다만 이 요새는 최전선을 지키는 중요 거점입니다. 그러니 모르는 사람을 안에 들일 수는 없습니다."

"너는 내 이름을 알고 있었잖아."

아무래도 나를 골치 아픈 인물이라고 생각하는 것 같다.

바로 그때, 뒤편에서 지켜보고 있던 대장 격의 남자가 앞으로 나섰다.

"네놈이 그 악명 높은 사토 카즈마냐. 모험가 주제에 감히 우리에게 이딴 태도를 취해? 수상한 인물이라며 이 자리에서 바로 베어버릴 수도 있다만? 미천한 저 레벨 모험가 따위가, 빨리 꺼져라!"

대장은 칼자루에 손을 얹으면서 위협하듯 그렇게 말했다.

메구밍은 그 말을 듣고 열 받았는지 지팡이를 움켜쥐었고 다크니스도 표정을 굳히며 앞으로 나섰다.

두 사람이 그러자 주위에 있던 기사들도 칼자루에 손을 얹었다.

"뭐하는 거냐. 모험가 주제에 우리에게 맞서려는 것이냐?!"

왜 이런 녀석들은 하나같이 성질이 급한 걸까.

아무래도 이 세계에 사는 대부분의 귀족들은 인명이나 인권 같은 것을 가볍게 여기는 것 같았다.

나는 굳은 표정을 지으며 앞으로 나선 후 다크니스를 손으로 가리키고 외쳤다.

"물러서라! 이분이 누구인지 아느냐?! 고명한 더스티네스 가문의 영애, 더스티네스 포드 라라티나 님이시다! 빨리 고개를 숙이지 못할까!"

""""뭐?!""""

내가 그렇게 말하자 얼굴이 새파랗게 질린 기사들이 무릎을 꿇었다.

다크니스는 내가 느닷없이 한 말을 듣더니 놀랐고 메구밍과 융융은 기사들과 마찬가지로 무릎을 꿇었다.

"너희까지 왜 그러는 거야?"

"죄, 죄송해요. 그만 분위기에 휩쓸린 바람에……."

"저, 저는 다크니스 씨가 귀족이라는 걸 몰랐거든요……."

두 사람이 그렇게 말하면서 일어나는 사이, 대장이 머뭇거리며 다크니스에게 말을 걸었다.

"지, 진짜로 더스티네스 경이십니까……? 아, 저기, 죄송합니다, 더스티네스 경! 당신의 얼굴을 몰라서 무례를 범했습니다……! ……그리고, 신분 확인을 부탁드려도 되겠습니까? 의, 의심하는 건 아닙니다만, 그게 저희의 일인지라……."

다크니스는 그 말을 듣더니 아무 말 없이 품속에서 가문의 문양이 새겨진 목걸이를 꺼내 카드와 함께 대장에게 보여줬다.

그것들을 본 대장의 얼굴은 창백해졌다.

"죄죄죄, 죄송합니다! 더스티네스 경을 알아보지 못한 나머지, 경과 경의 일행에게 무례를 범하고 말았습니다!"

"오오, 순식간에 태도가 돌변했군요! 이야~, 까딱했으면 칼에 베였을 거라고 생각하니 마음이 아프네~. 이 트라우마는 평생 갈 것 같아~. 아아, 방금 나눴던 대화를 떠올리기만 해도 가슴 쪽에서 통증이 느껴지네……!"

대장은 필사적으로 용서를 빌었고 나는 가슴을 움켜쥔 채 고통을 호소했다.

그리고 메구밍은 내 의도를 눈치챘는지―.

"어머나, 큰일 났네요! 라라티나 아가씨의 일행에게 그딴 태도를 취하다니, 정말 간이 배 밖에 나왔군요!"

―라고 말하면서 방금 느낀 울분을 풀듯 지팡이 끝으로 대장의 볼을 마구 찔러댔다.

"사과해! 우리를 공격하려고 했던 걸 사과해! 자, 손이 발이 되도록 싹싹 빌란 말이야!"

메구밍이 지팡이로 볼을 찔러대고 아쿠아가 어깨를 잡고 마구 흔들어대자, 관자놀이에 힘줄이 선 대장이 조용히 눈을 감았다. 그리고 부끄러운지 볼을 붉힌 채 온몸을 부들부들 떨고 있는 다크니스를 향해 고개를 숙이며 말했다.

"미, 미안합니다. 정말 미안하게 됐습니다. 더스티네스 경의 일행 분에게 해를 끼치려 하다니, 원래라면 이 자리에서 바로 할복을 해야 마땅할 겁니다. 하지만, 저기……."

대장이 말끝을 흐리자 나는 그의 어깨에 손을 얹으면서 말했다.

"아, 나도 그런 걸 원하지는 않아요. 당신도 자신의 소임을 다하려고 했을 뿐이잖아요. 하지만 우리도 여기까지 오면서 꽤 지쳤거든요? 성의를 보이라는 건 아니지만, 이곳에 머무는 동안 지낼 방을 준비해줬으면 하는데……."

"그야 당연히 준비해드려야지요! 더스티네스 경과 경의 일행께 걸맞은 방을 준비하겠습니다!"

그렇게 말한 기사대장이 질린 얼굴로 고개를 끄덕였고 다크니스는 부끄러워하며 고개를 숙였다.

1

우리 일행에게는 개인실이 주어졌다. 나는 방에 짐을 내려놓은 후 한가해 보이던 아쿠아와 함께 요새 내부를 탐색했다.

전황이 좋지 않은지 요새 곳곳에 있는 모험가와 병사들은 다들 신경이 곤두서 있었다.

요새 안은 긴장된 분위기에 감싸여 있었다.

한편, 제어실이라는 팻말이 걸려 있던 방에 들어간 나와 아쿠아는 주위에 있는 것들을 마구 만져댔다.

"저기, 카즈마. 이쪽에 용도를 알 수 없는 버튼과 레버가 잔뜩 있거든? 눌러봐도 되겠지?"

"당연한 걸 묻지 말라고. 눈앞에 있는 버튼을 누르지 않는 건 비상식적인 짓이잖아."

"당신들, 느닷없이 나타나서 뭐하는 거죠? 그건 요새의 도개교와 문의 개폐 스위치 및 함정 버튼이니까 절대 누르면 안 된다고요! 알았죠?! 절대 누르면 안 돼요!"

병사는 리액션 전문가 같은 소리를 했고 아쿠아가 그 말에 반응했다.

"그렇게까지 말한다면 눌러볼 수밖에 없잖아. 우선 유리 케이스가 씌워진 저 버튼을……."

"그건 이 요새를 버리고 퇴각할 때를 위한 자폭 버튼이니까 절대 누르면 안 됩니다! 누르면 안 됩…… 이 자식들아, 누르지 말란 말이다! 빨리 나가!"

갑자기 화를 내기 시작한 병사에게 쫓겨난 우리는 방 앞에서 멍하니 서 있었다.

"또 쫓겨났네. 이 요새에 있는 사람들은 하나같이 신경이 곤두서 있는 것 같아."

"뭐, 최전선 요새니 다들 여유가 없는 거겠지."

여러 방에 들어가서 쓸데없는 짓만 해대다 쫓겨난 우리는 결국 갈 곳이 없어졌다.

"어쩔 수 없지. 무료로 이용할 수 있는 식당이 있다니까, 거기 가서 공짜 밥이나 먹자."

"좋은 생각이야. 나, 가방에 넣어둔 술을 가지고 올래."

대체 뭘 넣어뒀기에 가방이 그렇게 무겁나 했더니, 이 녀석은 술을 챙겨 온 것 같았다.

바로 그때였다.

"아쿠아 님?! 아쿠아 님 아니십니까!"

복도 저편에서 귀에 익은 목소리가 들려왔다.

눈에 익은 그 남자는 바로—.

"미츠라기잖아. 오래간만이네."

"미츠루기다! 혹시 일부러 내 이름을 이상하게 말하는 거냐?! 이제 그만 내 이름을 외우라고!"

마검을 지닌 소드마스터, 미츠루기였다.

"아쿠아 님, 오래간만입니다! 여전히 건강해 보이셔서 다행입니다."

"응. 나는 건강해. 마검 들고 다니는 사람도 건강해 보이네. 그런데 평소 같이 다니는 하렘 멤버들은 어디 간 거야?"

"하렘 멤버?! 그, 그 두 사람은 전황이 악화되어 위험한지라 왕도로 보냈습니다. ⋯⋯아, 맞아요!"

미츠루기는 나를 향해 고개를 돌리더니 외쳤다.

"사토, 왜 이렇게 위험한 장소에 아쿠아 님을 모시고 온 거지? 여기가 어떤 곳인지 알고는 있는 거냐?!"

"당연하지. 여기는 마왕군과 격전이 벌어지고 있는 최전선이며, 마왕군의 간부가 정기적으로 습격을 하고 있는 곳이잖아?"

그걸 알면서 왜 온 거냐고 묻는 듯한 표정을 지은 미츠루기를 향해 아쿠아는 이렇게 말했다.

"우리는 말이지. 여기서 열심히 싸우고 있는 너희를 도우러 온 거야. 너희가 싸우는 상대는 사신을 자칭하고 있다면서? 그렇다면 진짜 신인 내가 나서야 하지 않겠어?"

자기한테 허락도 받지 않고 멋대로 사신을 자칭하는 마왕군 간부를 용서할 수 없다고 떠들어댔던 아쿠아는 당연한 소리를 하듯 그렇게 말했다.

"아쿠아 님께서 그 여자와 싸우시려는 겁니까?! 그, 그건……. 확실히 아쿠아 님이라면 대항할 수 있겠지만, 그 여자는 위험합니다. 상대는 혼자서 이 요새를 함락 직전의 상황까지 몰아넣었다고요."

미츠루기는 그렇게 말하면서 걱정스러운 표정으로 아쿠아를 쳐다보았다.

"마왕군 간부는 여자였구나. ……아, 그런데 말이야. 상대는 사신을 자칭하고 있지만, 이 요새에는 치트를 보유한 일본인이 몇 명이나 있지? 그리고 나한테 지기는 했어도 고 레벨 마검사인 너도 있잖아. 뭐, 나한테 제대로 깨지기는 했지만 말이야. 그런데 왜 여자 한 명을 상대로 고전을 면치 못하고 있는 건데?"

"내가 복수를 하려고 해도 계속 피하면서, 자기가 이겼다는 걸 꼭 이렇게 강조해야겠어? ……뭐, 우리가 궁지에 몰린 데에는 다 이유가 있어. 아무래도 아직 그걸 못 본 것 같은데."

……그거?

나와 아쿠아는 그 말을 듣고 고개를 갸웃거렸다.

"보아하니 아직 못 봤나 보네. 어차피 딱히 할 일도 없지? 좋은 걸 보여줄 테니까 따라와."

미츠루기는 그렇게 말하면서 앞장서서 걷기 시작했다.

—미츠루기의 안내를 받으며 요새 밖으로 나온 우리는 어떤 광경을 목격하고 말았다.

그것은 요새의 생명줄이라고 할 수 있는 외벽의 일부다.

튼튼한 외벽의 그 부분은 몇 번이나 강렬한 공격을 받았는지 금방이라도 붕괴될 것처럼 파손되어 있었다.

"어이. 설마……."

그리고 나는 이 무시무시한 광경이 눈에 익었다.

그럴 만도 했다. 나는 이 광경을 매일같이 보니까.

나는 메구밍에게 폭렬 소믈리에라는 칭호를 받은 남자였다.

"그래. 마왕군 간부 월버그는 폭렬마법을 써."

미츠루기는 그렇게 말하더니 경악을 금치 못하는 나를 향해 쓴웃음을 지었다.

2

미츠루기와 헤어진 후 나와 아쿠아는 동료들을 한 방으로 모았다.

"좋아. 그럼 앞으로 어떻게 할 것인지에 관해 논의해보도록 할까?"

나는 이 자리에 모인 동료들을 둘러보고 침대에 걸터앉으면서 입을 열었다.

"무슨 소리를 하는 것이냐? 그건 이미 정했을 텐데? 그리고 나는 방금까지 이 요새의 사령관과 이야기를 나누고 있었다만, 마왕군 간부를 몇 번이나 격퇴한 경험이 있다고 말했더니 우리에게 지휘권을 넘겨주겠다고 하더구나."

모르는 사이에 골치 아픈 일을 늘린 다크니스 때문에 나는 머리를 감싸 쥐고 싶어졌다.

솔직하게 말해서 이번만은 이길 수 없다.

원래 우리 작전은 요새에서 대기하고 있다가 적이 나타나면 사정거리가 가장 긴 공격마법인 폭렬마법으로 선제공격을 날리는 것이었다.

폭렬마법은 상대가 영체(靈體)든, 신이든, 악마든, 그 어떤 존재이든 간에 대미지를 입힐 수 있다.

당초의 예상으로는 폭렬마법으로 대다수의 적을 격퇴할 수 있을 거라고 생각했는데, 상대가 같은 마법을 쓸 수 있다면 사정거리 면에서의 우위성을 잃고 만다.

"아니, 실은 말이야. 월버그라는 마왕군 간부는 하필이면 폭렬마법을 쓴대."

"윽?!"

메구밍은 내 말을 듣더니 의자를 박차며 벌떡 일어섰다.

폭렬마법이라는 단어에 반응한 것일까.

"폭렬마법을 쓴다고요?! 그, 그 가능성은 생각도 못 했어요……. 저는 메구밍 덕분에 그 마법의 위력을 잘 알아요.

솔직히 말해 어떻게 대항하면 좋을지 모르겠어요……."

융융은 미안해하듯 고개를 푹 숙였다.

"괜찮다! 나만 믿어라! 나는 과거에 폭렬마법을 견뎌낸 적이 있지! 내가 미끼가 되마. 너희는 폭렬마법을 쓰고 빈틈을 보인 상대를 해치우면 된다."

"인마, 네 갑옷이 망가진 걸 잊은 거야? 아쿠아가 지원마법을 걸어주더라도 맨몸으로 그걸 견뎌내는 건 아마 무리일 거라고."

드래곤 좀비와 싸우다 갑옷이 파괴된 다크니스는 불만 섞인 표정을 지으며 어깨를 축 늘어뜨렸다.

아쿠아는 그 모습을 보더니 몇 번이나 고개를 끄덕였다.

"뭐, 결론부터 말하자면 말이야. 모처럼 여기까지 오기는 했지만, 멋대로 사신을 자칭하는 녀석 정도는 그냥 눈감아줄까 해. 딱히 무서운 건 아니거든? 그래도 월버그 같은 마이너한 사신의 이름은 들어본 적도 없어. 그런 불쌍한 녀석을 해치우는 것도 좀 그렇잖아?"

폭렬마법을 쓴다는 말을 듣자마자 완전히 겁을 먹은 자칭 여신이 변명 같은 소리를 늘어놓기 시작했다.

한편, 꼼짝도 하지 않고 있던 메구밍이 갑자기 망토를 펼쳤다.

"내 이름은 메구밍! 액셀 제일의 마법사이자, 폭렬마법의 극치에 도달한 자! 마왕군 간부이자 자칭 사신에, 폭렬마법까지 쓰는 자라니……! 그 자야말로 제가 갈구해온 숙명의 라이벌이에요!"

"뭐어?!"

융융은 메구밍의 라이벌 선언을 듣고 화들짝 놀랐다.

"왜 그렇게 놀라는 거죠? 폭렬마법을 쓰는 자라니, 그야말로 더할 나위 없는 상대군요. 만에 하나 제가 지더라도, 폭렬마법을 맞고 죽을 수 있다면 그건 바라던 바예요! 예! 그런 최후를 맞이할 수 있다면, 제 인생에는 단 한 점의 후회도 존재하지 않겠죠!!"

메구밍은 어이없는 소리를 지껄였고 융융은 울먹이면서 그녀에게 매달렸다.

"바보 같은 소리 하지 마! 그리고 메구밍의 라이벌은 나잖아!? 왜 만난 적도 없는 마왕군 간부를 라이벌로 승격시키는 건데?!"

"가, 갑자기 왜 이래요?! 정말 귀찮은 애네요! 저의 진정한 라이벌로 인정받고 싶다면 폭렬마법을 익히세요. 그러면 매일같이 함께 산책을 가줄 수도 있어요."

"폭렬마법 같은 건 익히고 싶지도 않고, 같이 산책을 가주지 않아도 돼! 그것보다, 적은 폭렬마법을 쓴단 말이야! 그런 상대에게……."

"폭렬마법을 익히고 싶지 않다고요?! 제 앞에서 그런 소리를 잘도 지껄이는군요! 좋아요! 방금 그 말은 저에 대한 도전으로 받아들이죠! 오래간만에 승부를 해볼까요?! 융융이 진다면 스킬 포인트를 잔뜩 모아서 폭렬마법을 익혀줘야겠어요!"

"시, 싫어! 내 인생을 좌우할지도 모르는 승부는 절대…… 아앗! 메구밍의 눈이 빨개! 방금 그 말, 진심은 아니지?! 진심은 아닌 거 맞지?!"

나는 드잡이를 시작한 두 사람을 무시하며 앞으로 어떻게 할 것인지에 관해 다른 이들에게 이야기했다.

"메구밍이 바보 같은 소리를 하지만, 이번 적은 너무 위험해. 한 방 맞기만 해도 바로 전멸할 수 있단 말이야. 육체가 박살이 나버리면 아쿠아가 소생시킬 수도 없어. 그러니 이번에는 후퇴를……."

"무슨 바보 같은 소리를 하는 거예요! 이렇게 끝내주는 적이 나타났는데 도망치면 어떻게 하냐고요! 이번 적은 저에게 있어 운명의 상대예요! 예! 틀림없다고요!"

감정이 고조됐는지 눈이 붉게 빛나고 있는 메구밍이 의자에 발 하나를 올려놓으며 포즈를 취했다.

"저의 사역마인 쵸무스케를 노리는 상대가 폭렬마법을 펼치는 데다, 마왕군 간부이며, 또한 사신을 자칭하고 있다고요! 이렇게 되면 제가 월버그를 쓰러뜨리고 그대로 마왕군 간부와 사신의 칭호를 손에 넣을 수밖에 없잖아요!"

"너 지금 무슨 소리를 하는 거야? ……그리고 이번만큼은 위험 부담이 너무 커. 먼저 쓰는 사람이 이기는 승부잖아. 도박을 하기에도 이길 확률이 너무 낮다고."

"그렇지 않아요. 제가 좋아하는 마법은 폭렬마법이고, 제 취미 또한 물론 폭렬마법이며, 저 하면 폭렬마법이잖아요. 액셀 마을의 폭렬마법사가 바로 저라고요. 이 마법을 익히고 지금까지 하루도 거르지 않고 폭렬마법을 썼어요. 영창 속도와 정확성, 그리고 마법의 파괴력! 폭렬마법에 있어서 저보다 뛰어난 자는 이 세상에 존재하지 않는다고 단언할 수 있다고요!"

메구밍은 당당한 목소리로 그렇게 말하더니 자신 있다는 표정을 지었다.

"너, 예전에 디스트로이어를 파괴할 때 위즈에게 지지 않았어?"

"그건 이미 옛날 일이에요. 레벨을 올려서 각종 폭렬마법 계열의 위력 향상 스킬을 익힌 후 폭렬마법 승부를 해서 이겼죠. 액셀 마을이 자랑하는 최고의 폭렬마법사는 바로 저예요."

이 녀석, 나 몰래 그런 짓도 했던 거냐.

"걱정하지 마세요. 잠이 오지 않는 밤에 졸릴 때까지 폭렬마법을 영창했던 저라면, 그 어떤 상대보다도 먼저 영창을 끝낼 수 있다고요!"

"잠깐만. 너, 그런 무시무시한 짓을 했던 거냐?!"

내가 메구밍에게 설교를 해주려고 한 바로 그때였다.

귀청을 찢을 듯한 굉음이 들리더니, 요새가 격렬하게 흔들렸다.

천장에서 뭔가가 부스스 떨어지고 메구밍 이외의 모두가 무심코 몸을 웅크렸다.

매일같이 메구밍이 펼친 폭렬마법의 폭발음을 곁에서 들었던 나는 방금 들린 굉음의 정체가 무엇인지 바로 꿰뚫어 보았다.

방금 이 요새를 뒤흔든 것은 폭렬마법이 틀림없다.

적습을 알리는 경보가 요새에 울려 퍼지는 가운데, 메구밍은 표정을 굳히며 낮은 신음을 흘렸다.

"으음, 상당히 괜찮은 진동이군요. 마법을 날리기 직전에 느껴진 마력의 파동도 그렇고, 꽤 세련된 폭렬마법이 틀림없어요. 겉멋이 들거나 호기심 삼아 폭렬마법을 습득한 게 아닌 것 같군요."

"너는 대체 뭘 평가하고 있는 거야?"

하지만 폭렬 소믈리에라는 칭호를 지닌 나 또한 요새에 작렬한 폭렬마법이 상당한 수준이라는 것을 눈치챘다.

방금 폭렬마법에 점수를 매긴다면 90점 이상은 될 것이다.

"그것보다 서두르자, 메구밍. 지금이 찬스야. 요새를 습격한 마왕군 간부를 쓰러뜨리러 가자고!"

"예? 카, 카즈마, 왜 그러죠? 아까 전과는 의견이 정반대잖아요."

나는 장비를 대충 착용한 후 무기만 들고 자리에서 일어났다.

동료들이 의아한 표정으로 쳐다보자 나는 그녀들에게 말했다.

"방금 폭렬마법을 썼다는 건, 오늘은 더 이상 폭렬마법을 쓸 수 없다는 거잖아?"

"""아!"""

아무리 상대가 간부라고 해도 방대한 마력을 소비하는 폭렬마법을 하루에 두 번이나 쓸 수 있을 리가 없다.

왜냐하면 마왕군 간부이자 리치인 위즈조차도 폭렬마법을 한 번 쓰고 마력이 거의 바닥났었다.

마력이 바닥났을 지금이라면 적 앞에 나서더라도 전혀 무섭지 않다.

방을 뛰쳐나간 나는 동료들이 따라오는 걸 확인하고 아까 미츠루기가 안내해줬던 외벽으로 향했다.

숨을 헐떡이며 현장에 도착한 우리가 본 것은—.

"심각하네."

폭렬마법에 의해 파괴된 곳에 또 폭렬마법이 작렬한 바람에 산산조각이 나버린 일부 외벽, 그리고 지면에 남아 있는 거대한 구덩이뿐이었다.

현장에는 우리와 마찬가지로 폭발음을 듣고 뛰어온 듯한 모험가와 기사들이 모여 있었다.

그곳에서 아는 얼굴을 발견한 나는 다가가서 말을 걸었다.

"어이, 마왕군 간부는 어디 간 거야? 마력이 바닥난 지금이라면 간단히 해치울 수 있잖아?"

나는 망연자실하게 서 있는 미츠루기에게 실행범이 어디에 있는지 물었다.

하지만 그 질문에 대한 대답은 이러했다.

"월버그라면 이미 도망쳤어. ⋯⋯이게 우리가 고전하고 있는 이유지. 사신 월버그는 불쑥 나타나 한참 떨어진 곳에서 폭렬마법을 날린 다음, 우리가 접근하기 전에 텔레포트를 써서 도망치는 거야."

미츠루기는 말을 이었다.

"요새 근처의 숲에는 마왕군의 정예 부대가 진을 치고 있어. 아마 그곳으로 도망쳐서 마력을 보충한 다음, 다시 나타나는 거겠지. 상대가 수적으로 우세한 데다, 숲은 몬스터들의 필드야. 외벽의 보호를 받을 수 없는 요새 밖, 게다가 상대가 유리한 지형에서 싸운다면 우리가 지겠지. 그렇다고 해서 이대로 요새에 틀어박혀 있어봤자, 외벽이 완전히 파괴되고 나면 대기하고 있던 마왕군의 정예들이 우리를 해치우러

올 거야."

이런 일이 예전에도 몇 번이나 있었는지, 주위에 있던 녀석들도 초췌해진 얼굴을 푹 숙이고 있었다.

폭렬마법을 쓴 간부를 해치우러 가려고 해도 적의 정예들에게 방해를 당하는 데다가, 그렇다고 그 적들에게 맞서 싸우기 위해 튼튼한 요새에 틀어박혀 있으면 폭렬마법이 날아온다.

수적 우세를 이용해 포위하고 폭렬마법으로 적을 끌어내는 단순한 작전이지만 그만큼 효율적이다.

설명을 마친 미츠루기는—.

"하다못해 월버그와 마왕군의 정예들 중 한쪽만 처리하면 어떻게든 될 것 같은데……."

마검의 칼자루를 움켜쥐더니 분하다는 듯이 눈을 감았다—.

"—좋아. 도망치자."

"그래. 그러자. 액셀에 돌아가서 젤 킹의 침대를 만드는 거야. 그 사악한 껍데기보다 쾌적하고, 젤 킹이 마음에 들어 할 끝내주는 잠자리를 말이야. 그리고 마왕군 간부 정도는 젤 킹이 크면 한 방에 해치워버릴 테니까 걱정할 필요 없어."

방에 돌아온 나와 아쿠아는 돌아갈 준비를 시작했다.

그 모습을 본 다크니스가 허둥지둥 말을 늘어놓았다.

"기, 기다려라, 카즈마. 나는 이미 이 요새의 지휘권을 떠맡았단 말이다. 그러니 「역시 그냥 돌아가야겠습니다」 같은 소리를 하는 건 좀…….”

“왜 하필 이럴 때 그런 귀찮은 일을 떠맡은 거야?!”

“네가 내 이름을 대며 허세를 부린 바람에 이렇게 된 것이지 않느냐!”

나와 다크니스가 말다툼을 벌이고 있을 때였다.

“어? 그런데 융융은 어디 간 거야? 아까까지 같이 있었잖아.”

“그 애는 파괴된 외벽을 마법으로 수리하는 걸 돕고 있어요.”

“그렇구나. 역시 두 홍마족 중 잘난 쪽이라고 불릴 만하네. 나도 부상자가 없는지 둘러보고 올까?”

“두 홍마족 중 못난 쪽이 누구인지 가르쳐줄래요?”

아쿠아는 눈에서 붉은빛을 뿜고 있는 메구밍을 피해 도망치듯 프리스트다운 소리를 하며 이 방에서 나갔다.

그 모습을 본 다크니스는 연신 고개를 끄덕이며 입을 열었다.

“아쿠아와 융융은 자신이 할 수 있는 일을 찾아 최선을 다하고 있구나. 역시 베테랑 모험가다운걸. 어이, 카즈마. 우리는 이제 베테랑 모험가라고 말해도 될 것 같지 않느냐?”

비상시국에 다크니스가 눈을 반짝이며 이런 소리를 하니 짜증이 치솟았다.

이 녀석은 영웅이나 용사 같은 존재를 동경하는 것 같았다.

그러니 다크니스는 위기에 처한 이 요새를 버리고 싶지 않으리라.

이 고지식한 녀석을 어떻게 설득할지 고민하고 있을 때, 우리를 지켜보던 메구밍이 미안해하며 입을 열었다.

"저기, 카즈마……. 위험하다는 건 알지만, 저에게 딱 한 번만 기회를 주지 않겠어요? 여러분은 요새 안에서 대기하고 있으세요. 저는 어딘가에 숨어서 윌버그를 기다리다, 그녀가 나타나면 폭렬마법으로 선수를 치겠어요."

메구밍은 진지한 표정으로 고개를 숙여가며 부탁했다.

……하아. 이 녀석들은 하나같이 문제라니깐.

"……적 탐지 스킬과 천리안 스킬, 그리고 잠복 스킬을 지닌 내가 도와주면 잠복 성공률이 확 올라갈 거야. 내가 같이 있어줄 테니까, 적이 나타나면 뒷일을 부탁해."

메구밍은 내 말이 뜻밖인지 눈을 동그랗게 뜨더니 서서히 입가에 미소를 머금었다.

"맡겨만 주세요!"

눈동자에 기쁨이 어린 메구밍은 가슴을 쭉 펴면서 믿음직스러운 목소리로 그렇게 말했다.

3

다음 날.

요새 근처의 숲속에 있는 커다란 나무 위에 기어 올라간 나는 주위를 둘러보았다.

"마왕군이 이렇게 가까운 곳까지 접근했구나."

마왕군으로 보이는 녀석들은 요새로부터 몇 킬로미터 떨어진 숲에 진을 치고 있었다.

어떤 몬스터가 있는지는 알 수 없지만 숫자가 많다는 것만큼은 알 수 있었다.

이 정도 숫자가 요새를 공격한다면 견고한 외벽과 함정 없이는 간단히 함락당하고 말 것이다.

나는 나무에서 내려간 후 메구밍 일행에게 상황을 알려줬다.

"요새 사람들에게 들은 이야기에 따르면, 윌버그는 항상 혼자 나타나서 폭렬마법을 쓴다고 해. 그래서 이런 작전을 짜봤어."

나는 동료들을 둘러보며 말했다.

"우선 내 잠복 스킬을 이용해 이 근처에 숨어 있자. 그리고 상대가 우리를 발견하지 못한다면 메구밍이 마법으로 일격에 해치워버려. 만에 하나 우리를 발견한다면 융융이 빛을 굴절시키는 마법으로 메구밍을 숨긴 후, 아쿠아의 지원 마법이 걸린 다크니스가 앞으로 나서서 주의를 끌어. 나와 아쿠아는 다크니스를 엄호하면서 빈틈을 만들게. 메구밍은 타이밍을 잡았다 싶으면 언제든지 상대를 향해 마법을 날려. ……다들 알았지?"

내가 작전을 다시 설명하자 다들 열의에 찬 표정을—

"카즈마 씨, 카즈마 씨. 내 생각에는 이 애를 지킬 사람이 필요할 것 같아. 이렇게 작고 귀여운 생명을 위험에 처하게 할 수는 없잖아. ……저기, 아프거든? 다른 애들한테는 상냥하면서, 왜 나한테만 못되게 구는 거야?"

촘스케의 발톱에 긁힌 아쿠아는 아픈지 인상을 썼다.

평소에는 얌전한 털 뭉치인 촘스케가 오늘은 흥분한 기색을 보이며 우리를 졸졸 따라다니고 있었다.

위험하니 방에 두고 올 생각이었지만 계속 쫓아왔다.

왠지 차분하지 못한 촘스케를 융융에게 맡기고 나는 아쿠아와 다크니스를 향해 말했다.

"좋아. 준비는 다 됐어. 이제 월버그라는 녀석이 올 때까지 기다리기만 하면 돼."

"저기, 카즈마. 나, 다리가 풀릴 것 같아."

"너, 이곳에 오기 전까지만 해도 기세등등하지 않았어?"

─우리가 숲에 매복하고 어느 정도 시간이 흘렀을 때였다.

요새 근처의 숲에 매복해 있던 우리 앞에 예의 그 마왕군 간부가 나타났다.

후드를 깊이 눌러쓴 그 녀석은 촌스러운 로브로 몸을 감싸고 요새를 향해 당당하게 걸어가고 있었다.

로브 때문에 몸의 라인이 거의 드러나지 않았지만 상대가 여성이라는 것은 알 수 있었다.

저렇게 여유를 부리는 것은 요새에 있는 이들이 공격을 하기 위해 접근하더라도 폭렬마법으로 선제공격을 할 수 있기 때문이리라.

그리고 마법을 날린 후에는 텔레포트로 도망치면 된다고 생각하고 있을 것이다.

"정말 짜증 나는 전략을 사용하네. 정정당당하게 싸울 줄은 모르는 거야?"

"저 간부가 그 말을 들었다면 너한테만큼은 그런 소리를 듣고 싶지 않다고 말할 거다."

내가 무심코 한 말에 다크니스가 태클을 날렸다.

그런 다크니스에게 아쿠아가 지원마법을 걸어주는 와중에도 로브를 걸친 여자는 계속 걸음을 옮겼다.

그리고 폭렬마법으로 요새를 공격할 수 있는 위치까지 다가갔는지 걸음을 멈췄다.

"어이, 메구밍. 이틈에 몰래 마법을 영창해둬. 딱히 상대의 말을 들어볼 필요도 없으니까, 방심하고 있는 틈에 선제공격을 날려서 끝내버리자고."

"방금 정정당당 같은 단어를 입에 담아놓고 이딴 소리를 하는 건가요. 뭐, 정말 약아빠진 작전이지만 좋아요. 다크니스에게 폭렬마법을 맞추고 싶지는 않으니까요."

까딱하면 폭렬마법을 맞을지도 모르는 다크니스의 얼굴에는 기대가 어려 있었다. 저 녀석에게는 미안하지만 후딱 해치우고 돌아가기로 하자.

바로 그때였다.

로브 차림의 여성은 뭔가를 눈치챘는지 우리 쪽을 똑바로 쳐다보았다.

내 잠복 스킬을 꿰뚫어 본 건가?

우리가 꼼짝도 않자 그녀는 우리 쪽을 향해 걸어오기 시작했다.

"들켰다! 메구밍, 이제 당당하게 마법을 영창해! 상대가 마법을 쓰기 전에 네가 한 방 먹여주는 거야!"

"맡겨만 주세요, 카즈마!"

메구밍이 마법의 영창을 시작한 가운데─.

"꺄앗! 쵸, 춈스케, 왜 이러는 거야?! 왜 갑자기 날뛰는 거니?!"

융융이 안고 있던 춈스케가 그녀의 품에서 벗어나기 위해 버둥거렸다.

털 뭉치가 왜 저러는 건지 모르겠지만 지금은 춈스케를 신경 쓸 때가 아니다.

메구밍이 마법 영창을 마칠 때까지 적의 주의를 끌어야만 한다!

"다크니스, 아쿠아! 잠시 동안 시간을 벌어!"

나는 두 사람에게 그렇게 말하면서 수풀 밖으로 뛰쳐나갔다.

몇 번이나 고개를 갸웃거리며 미심쩍은 표정으로 우리에게 다가오던 마왕군 간부는 갑자기 나타난 내 얼굴을 보더니, 깜짝 놀란 것처럼 멈춰 섰다.

"저기, 카즈마. 나는 만약의 사태에 대비해 후방에서 대기하는 편이 좋지 않을까? 만약 나한테 무슨 일이 있으면 너도 되살아날 수 없거든?! 저기, 내 말 듣고 있어?!"

"잔말 말고 빨리 따라와! 어차피 폭렬마법을 맞았다간 살점조차 남지 않을 거라고! 그리고 우리 중에서 사신을 자칭하는 녀석의 상대가 될 만한 애는 너뿐이란 말이야!"

나는 울상이 되어 금방이라도 도망치려 하는 아쿠아를 잡아끌며 마왕군 간부와 대치했다.

뒤늦게 수풀에서 뛰쳐나온 다크니스는 우리를 감싸듯 앞으로 나섰다.

……하지만 우리를 덮칠 줄 알았던 마왕군 간부는 희미하게 드러난 입가를 깜짝 놀란 것처럼 굳힌 채 꼼짝도 하지 않았다.

"……뭐야? 우리를 보고 놀란 것 같네. 마왕군 사이에서도 얼굴과 이름이 꽤 알려진 나를 보고 겁먹은 건가?"

"이렇게 재미있고, 이상한 데다, 신기하기까지 한 얼굴을 지닌 인간은 처음 봐서 놀란 걸지도 몰라."

쓸데없는 소리를 하는 아쿠아를 어떻게 해줄지 생각하고

있을 때, 멈춰 서 있던 여성이 눌러쓰고 있던 후드를 벗으며 얼굴을 드러냈다.

　—후드를 벗자, 붉은색을 띤 짧은 머리카락과 고양이를 연상케 하는 노란색 눈동자를 지닌 여성의 얼굴이 드러났다.

　그렇다. 온천에서 몇 번 마주쳤던 바로 그 누님이었다.

　그리고 우리의 뒤편에 있던 융융도 깜짝 놀란 것처럼 낮은 비명을 질렀다.

　"……너, 이런 데서 뭐하는 거야?"

　"그건 내가 할 말이에요. 당신, 그저 목욕을 좋아하는 평범한 누님 아니었어요?"

　뭐, 솔직히 말해 이런 사태가 벌어질 것 같은 예감은 들었다.

　그녀가 마왕군 관계자라는 사실은 예전부터 알고 있었고 아르칸레티아에서 마왕군 간부인 한스와 반말로 이야기를 나눴던 데다가, 꽤 예전 일이라 확신은 없었지만 한스가 이 누님을 월버그라고 불렀던 것 같았다.

　지금 생각해보면 함께 목욕을 했던 사이이자 왠지 미워할 수 없는 이 누님이, 우리의 적이라는 사실을 인정하고 싶지 않았던 걸지도 모른다.

　누님…… 아니, 마왕군 간부인 이 사람은—.

　"그러고 보니 아직 너한테는 이름을 밝히지 않았네. 내 이름은 월버그. 마왕군 간부 중 한 명이자, 나태와 포학을 관장하는 여신, 월버그야."

고양이 같은 노란색 눈동자를 가늘게 뜨더니 위압감 넘치는 목소리로 그렇게 말했다.

……골치 아프게 됐네. 나는 이 사람과 싸워야 하는 거야?

"……저기, 실은 말이죠. 누님이 마왕군 관계자인 건 알고 있었어요. 그리고 실은 당신한테 물어보고 싶었던 게 있어요. 내가 보기에 당신은 나쁜 사람 같지 않은데, 왜 마왕군 간부 같은 걸 맡은 거죠?"

내가 소박한 질문을 던지자—.

"흐음, 이런 질문을 받으면 이렇게 대답하는 게 정석이지?"

그녀는 그렇게 말하면서 가볍게 웃더니—.

"나를 쓰러뜨린다면 그 질문에 답해줄게."

—하고 말을 이으면서 약간의 쓸쓸함이 어린 덧없는 미소를 지었다.

젠장, 역시 싸울 수밖에 없는 건가?

저 덧없는 미소를 보고 가슴이 아파 온 나는 이 싸움을 피할 방법이 없는지…….

"—저기, 왠지 의미심장한 소리를 하면서 미스터리어스한 분위기를 자아내지 말고 나 좀 봐. 일단 신격(神格)을 지니

긴 한 것 같은데, 뭐? 나태와 포학을 관장하는 여신? 사실을 정확하게 전하지 않으면 과대광고로 고소당할 수도 있어. 그러니까 사신이라는 걸 제대로 밝히란 말이야."

……생각하고 있던 바로 그때였다.

겁에 질려 있던 아쿠아가 진지한 분위기를 박살 내며 느닷없이 그런 소리를 했다.

월버그는 초면인 상대에게 이런 폭언을 들을 거라고는 생각도 못 했는지 약간 당황했다.

잠깐만, 이 녀석은 방금 신격이니 뭐니 같은 소리를 했잖아.

그럼 눈앞에 있는 상대는 자칭이 아니라 진짜로 사신인 건가?

"나는 나태와 포학 같은 그다지 인상이 좋지 않은 감정을 담당하고 있긴 하지만, 원래 엄연한 여신이었거든? 그러니 과대광고 같은 건 아니야."

"거짓말! 카즈마, 이 자칭 여신이 거짓말을 했어! 이 세계에서 여신으로서 정식으로 인정받은 건 나와 에리스, 단 둘뿐이랍니다! 사과해! 멋대로 여신을 자칭해서, 깨끗하고 아름다우며 존귀한 여신의 이름을 더럽힌 걸 나한테 사과하란 말이야!"

평소 툭하면 나한테 자칭 여신 소리를 듣던 아쿠아가 그런 소리를 하며 난리법석을 떨었다.

처음에는 당황한 모습을 보이던 월버그의 눈초리가 날카

로워졌다.

"가, 갑자기 무슨 소리를 하는 거야? 먼 옛날, 나는 엄연한 여신이었어. 마왕군에 소속된 후부터는 아쿠시즈 교단이라는 이상한 녀석들이 멋대로 나를 사신으로 지정한 바람에 어쩔 수 없이 사신을 자칭한 적도 있기는 해! 그렇다고 해도 초면인 프리스트에게 이런 소리를 들을 이유는 없어!"

"너, 방금 우리 애들을 이상한 녀석들이라고 말했지?! 이 세계에서 모르는 사람이 없는 아쿠시즈 교단을 바보 취급해? 그러고도 네가 신이야? 신자가 있기는 한 거야? 푸푸푸품! 나, 월버그라는 마이너한 신의 이름은 한 번도 들어본 적이 없다구!"

아쿠아가 그렇게 조롱을 해대자 월버그는 몸을 부들부들 떨기 시작했다.

"이, 이, 인간 주제에 신을 바보 취급하다니, 가만 놔두지 않겠어! 프리스트라면 다른 종파의 신에게도 예를 다하는 게 정상이란 말이야!"

월버그는 분노를 터뜨렸고 아쿠아는 머리카락을 쓸어 올렸다.

"인간? 내가 인간이라는 거야? 눈이 옹이구멍이나 다름없네! 그러니까 자칭 여신 소리를 듣는 거야!"

「달걀을 드래곤의 알로 착각하고 산 네 눈도 옹이구멍 아냐?」라고 태클을 날릴지 말지 내가 고민하는 사이, 아쿠아는 몸에 두른 날개옷을 강조하듯 들어 보이면서 가슴을 폈다.

그리고 평소와 달리 기세등등한 그녀는 월버그에게 자신의 정체를 밝혔다.

"내 이름은 아쿠아. 아쿠시즈 교단이 숭배하는 물의 여신, 아쿠아! 듣도 보도 못한 마이너 신 따위가 감히 나한테 의견을 제시해? 건방지기 짝이 없네!"

"뭐?!"

아쿠아가 으스대며 그렇게 말하자, 월버그는 화들짝 놀라면서 아쿠아를 뚫어져라 쳐다보았다.

"……당신, 그렇게 신을 사칭하다간 천벌 받을 거야."

"사과해! 나한테 신을 사칭했다고 말한 걸 사과하란 말이야!"

사신이 자신의 말을 믿지 않자 아쿠아는 화를 내면서 월버그에게 달려들었다.

"앗, 그만해, 이 무례한 여자야! 확 천벌을 내려버린다?! 휴일에 일찍 잠에서 깼지만, 의욕이 나지 않아 이부자리 안에서 데굴거리며 하루를 그냥 날리는 천벌을 내릴 거야!"

"할 수 있으면 해봐! 화장실에 갔을 때 다음 사람이 기다리고 있는데 변기 물이 나오지 않는 천벌을 너한테 내려주겠어!"

"여신은 화장실 안 가니까 그딴 벌은 하나도 무섭지 않아!"

"나도 매일이 휴일이나 다름없으니까, 네 천벌이 전혀 무섭지 않거든?!"

어쩌지…….

초면인데도 어른스럽지 못하게 저런 말다툼을 벌이며 드잡이 중인 이 두 사람은 일단 신 맞지?

신은 좀 더 고귀하고 위대한 존재인 줄 알았는데 말이야.

"어이, 카즈마. 저 둘은 저대로 내버려 둬도 괜찮을 것 같지 않느냐?"

"나도 그렇게 생각하지만, 일단 상대는 간부니까 그럴 수도 없다고……."

나와 다크니스가 그런 이야기를 하고 있을 때 월버그에게 달려들었던 아쿠아가 더는 못 참겠다는 듯 하늘을 향해 손을 들었다.

그와 동시에 주위에 안개가 끼기 시작하더니 이윽고 뭉쳐진 안개가 차례차례 물로 된 구슬로 변해갔다.

……저 멍청이! 상대를 자극해서 발을 묶는 게 우리 목적이라는 걸 잊은 거냐!

그리고 메구밍은 뭐 하고 있는 거야?! 평소 같으면 마법의 영창은 끝나고도 남았을 거잖아?!

"아무래도 물의 여신인 나의 힘을 제대로 보여줘야 할 것 같네! 너, 사신 주제에 건방져! 우리 애들처럼 밝고, 긍정적이며, 심성이 맑은 데다, 올바르기까지 한 자유로운 신자도 없으면서!"

"이, 이렇게 머리 나빠 보이는 애가 진짜로 물의 여신인 거야? 하지만 내가 사신으로 지정된 건 당신을 숭배하는 민폐

덩어리 신자들 때문이야! 게다가 마왕군에는 내 신자도 있
거든?! 그리고 당신도 여신 에리스에 비하면 완전 마이너한
신이잖아!!"

　…………

"『세이크리드 크리에이트 워터』!"

"테, 『텔레포트』!!!!!"

뚜껑이 열린 아쿠아가 날린 마법은 이 주변에 대량의 물
을 만들어냈다—!

1

월버그와 마주친 아쿠아가 여러모로 사고를 친 다음 날.

"오늘은 괜찮아요. 부탁이에요! 기회를 주세요!"

어제 월버그를 보고 공격을 주저했던 메구밍이 내 방에 들어오자마자 다짜고짜 그렇게 말했다.

"저기, 정말 괜찮은 거야? 그리고 어제는 대체 왜 그랬던 거야? ……혹시 상대가 인간형이라서 주저한 거야? 뭐, 마음은 이해해. 나도 그 예쁜 누님에게 칼을 휘두를 자신은 없거든."

메구밍은 내 말을 듣더니 고개를 세차게 저었다.

"저는 상대가 인간형이나 갓난아기일지라도, 대량의 경험 치를 주는 몬스터라면 주저 없이 마법을 날릴 수 있어요. 하지만, 저기……."

메구밍은 무슨 말을 하려다 말끝을 흐렸다.

어제부터 메구밍이 좀 이상했다.

아니, 메구밍만이 아니다. 융융 또한 심각한 표정을 짓더니 방에 틀어박히고 말았다.

이 두 사람은 이곳에 오기 전에도 월버그라는 이름에 과잉 반응을 했다. 그러니 나에게 말할 수 없는 사정이 있는 걸지도 모른다.

"잘은 모르겠지만, 이제 매복 작전은 안 쓸 거야. 어제 어디 사는 멍청이가 작전을 까맣게 잊고 대량의 물을 만들어 냈거든. 덕분에 상대가 경계를 하게 된 데다, 폭렬마법을 맞지도 않았는데 외벽까지 대미지를 입었다고."

우리가 요새 인근의 숲에서 매복하고 있었던 것이 역효과를 자아냈다.

아쿠아가 만들어낸 대량의 물이 이미 붕괴 직전이었던 요새의 외벽을 덮친 것이다.

일단 엉엉 울며 질색하는 아쿠아를 벽 보수 공사를 하라고 보냈지만 언 발에 오줌 누는 격이리라.

그리고 우리 쪽에 여신인 아쿠아가 있다는 사실이 적들에게 알려진 것도 문제였다.

매일같이 먹고 퍼질러 자거나, 근처에 사는 어린애들과 놀기만 하고, 액셀 마을에서 꽤 오랫동안 살았으면서 여전히 미아가 되지만, 그래도 여신은 여신이다.

어제 그런 일이 있었으니 우리의 매복을 경계할 게 틀림없다.

"……그렇군요. 하지만 제가 할 수 있는 일이 있다면 말해 주세요. 뭐, 제가 할 수 있는 거라고 해봤자 폭렬마법을 쓰는 것뿐이지만요."

메구밍은 그렇게 말하며 쓴웃음을 지었다.

"뭐, 아무튼 다 같이 작전이라도 생각해보자. 우선 느긋하게—."

밥이라도 먹자고.

내가 그렇게 말하려고 한 순간이었다.

이미 귀에 익을 대로 익은 굉음이 들리더니 요새가 격렬하게 흔들렸다.

―나와 메구밍은 방금 굉음이 들린 현장을 향해 헐레벌떡 뛰었다.

다른 이들도 방금 그 소리를 듣고 모여들 것이다.

우리가 현장에 도착해보니―.

"사람들을 모아! 크리에이트 어스를 쓸 수 있는 자들과 골렘을 만들 수 있는 녀석들을 끌고 오라고! 보수 공사를 서두르란 말이야!"

이곳으로 허둥지둥 달려온 기사들과 모험가들이 무너진 벽을 고치고 있었다.

나는 윌버그를 찾기 위해 주위를 둘러봤지만―.

"이미 모습이 보이지 않네요. 외벽을 공격한 후, 마력 회복을 위해 귀환한 거겠죠."

나와 마찬가지로 윌버그를 찾던 메구밍이 그렇게 중얼거

렸다.

폭렬마법을 쓰고 텔레포트로 귀환한다.

단순하지만 실로 효과적인 전략이다.

하지만 이러고 있을 때가 아니다.

내가 크리에이트 어스로 보수용 흙이라도 만들어내려고 외벽에 다가가자—

"앗~! 이게 어떻게 된 거야?! 아까 봤을 때보다 더 엉망이 됐잖아!"

갑자기 옆에서 그런 소리가 들려왔다.

"……아쿠아, 왜 그런 꼴을 하고 있죠?"

메구밍의 시선은, 액셀 마을에 갓 도착했던 우리가 토목 공사 일을 할 때 입었던 작업복 차림인 아쿠아를 향했다.

"왜긴 왜야. 카즈마가 벽을 고치라고 해서 준비를 하고 온 거야. 그런데 무슨 일이 있었던 거야? 대체 누가 이런 짓을 한 건데?!"

"어제 만났던 그 사신의 짓이야. 그 녀석은 이 요새의 외벽을 파괴하는 게 목적이라고 전에 설명했었잖아? 복장을 보아하니 기합이 팍팍 들어간 것 같네. 그럼 다 같이 외벽 보수 공사를 하자고."

나는 그렇게 말하면서 지면에 생긴 구덩이에 크리에이트

어스로 흙을 만들어냈다.

……분명 매일 이런 작업을 계속해왔던 것이리라.

지칠 대로 지친 표정의 모험가와 병사들은 사방으로 흩어진 파편을 모으더니 어떻게든 벽에 생긴 틈새를 메우려고—.

"잠깐, 뭐하는 거야! 외벽 보수를 할 때는 우선 벽 안에 심을 넣어야 해. 그리고 주위를 흙으로 굳힌 다음에 마지막으로 석고를 발라서 굳혀야 한단 말이야. 자, 이렇게 한 다음, 이렇게~ 하는 거야."

뒤편에서 아쿠아가 잘난 척하는 목소리가 들려왔다.

아쿠아는 옛날에 외벽 확장 공사 아르바이트를 하던 때가 생각났는지 컨디션이 좋은 것 같았다.

그러고 보니 이 녀석은 육체노동을 좋아했지.

내가 그런 생각을 하고 있을 때 뒤편에서 경악에 찬 목소리가 들려왔다.

무슨 일인가 싶어서 돌아보니, 메구밍이 쌓아놓은 흙 앞에 선 아쿠아가 외벽에 생긴 틈새를 향해—.

"빨라?! 그리고 능숙해?! 자, 잠깐만?! 너, 대체 어느새 이렇게 끝내주는 보수 기술을 익힌 거야?!"

내가 깜짝 놀란 목소리로 그렇게 말하자, 아쿠아는 이제 와서 무슨 소리를 하냐는 표정을 지으며 입을 열었다.

"내가 누군 줄 알아? 모험가 일을 해야 하니 관두겠다고 말했다가 인부 감독한테서 그딴 건 관두고 우리 쪽 정사원이 되라는 소리를 들은 아쿠아 님이란 말이야."

맙소사. 나는 인부 감독한테 그런 말을 못 들었다고…….

하지만 지금 중요한 건 그런 게 아니다.

아르바이트를 할 때는 여유가 없어서 이 녀석이 작업하는 광경을 보지 못했지만 지금 보니 프로도 울고 갈 정도의 실력이었다.

아쿠아는 대체 왜 이딴 것만 잘하는 건지 의문이 들었지만 지금 상황에서는 고맙기 그지없었다.

이 요새가 비장한 분위기에 사로잡혀 있었던 것은 외벽이 박살 나기 일보 직전이었기 때문이다.

외벽이 부서지면 요새가 함락되므로 우리도 위험을 감수하며 매복 작전을 사용했다.

하지만 아쿠아가 급히 짧은 시간을 들여 수리한 부분은 부서지기 전보다 더 튼튼해 보였다.

"어이, 완전 말도 안 되잖아. 벽 보수 치트라도 지닌 거야? 그리고 석고가 너무 빨리 마르는 거 아냐?"

"내가 물의 여신인 걸 잊은 거야? 물을 조종해서 빨리 건조되게 하는 것 정도는 식은 죽 먹기야. 내가 세탁 당번일 때는 세탁물이 엄청 깨끗할 뿐만 아니라 금방 말랐잖아?"

앞으로는 화장실 청소만이 아니라 빨래도 이 녀석에게 시켜야겠다.

아니, 그것보다―.

"……이러면 해볼 만해!"

2

쿵 하는 커다란 소리가 들리더니 요새가 흔들렸다.

오늘도 정말 수고가 많네.

나는 그 소리를 듣고 몸이 근질근질한 반응을 보이는 아쿠아를 향해 말했다.

"보수 대장, 네가 나설 차례야."

"나만 믿어! 자, 다들 따라와! 오늘도 너희의 대장이 얼마나 대단한 사람인지 똑똑히 보여줄게!"

"대장님, 잘 부탁합니다!"

"보수 대장님!"

"보수 대장님, 오늘도 잘 부탁드립니다!"

아쿠아는 내 말을 듣더니 모험가들과 병사들을 데리고 희희낙락하며 현장으로 향했다.

일시적으로 이 요새의 지휘를 맡은 다크니스는 아쿠아에게 보수 대장이라는 정체불명의 직책을 내렸다.

"보수 대장. 대장의 임무는 이 요새의 운명을 좌우할 정도로 중요하다. ……저기, 잘 부탁하마."

"알았어, 사령관! 걱정하지 마. 나는 대장이잖아. 대장은 잘났으니까 사신 따위에게 지지 않아!"

"대장님!"

"역시 대장님! 자, 오늘도 현장이 대장님을 기다리고 있습니다! 대장님의 신들린 솜씨를 보여주십시오!"

다크니스가 치켜세워 주자 우리의 보수 대장은 희희낙락하며 공사를 하러 갔다.

—아쿠아가 보수 대장이라는 아무런 권한도 없거니와 금전도 발생하지 않는, 이름뿐인 직책을 맡고 사흘이 지났다.

매일같이 폭격을 당하고 있는데도 불구하고, 요새를 둘러싼 외벽은 하루가 멀다 하고 두터워졌으며 또한 튼튼해졌다.

아쿠아는 이쪽 일로도 먹고살 수 있을 것 같다고 생각했다.

초상집 분위기였던 이 요새 사람들은 어느새 전의를 되찾았고, 대장이라 불리며 떠받들어져서 기분이 좋아진 아쿠아가 자기가 마시려던 대량의 술을 그들에게 대접했다. 덕분에 요새 안은 승전 분위기에 휩싸여 있었다.

"……저기, 우리가 처음 왔을 때 감돌던 비장감은 다 어디 간 걸까요."

"밤새도록 고민하고 고민한 내 갈등을 돌려줬으면 좋겠어."

두 홍마족은 그런 아쿠아를 쳐다보며 말로 형용하기 힘든 표정을 지었다.

심정은 이해하지만 지금은 안전을 우선할 수밖에 없다.

우리가 이렇게 시간을 끌며 요새를 더욱 튼튼하게 만드는 사이, 텔레포트를 쓸 수 있는 마법사들은 왕도에 현재 상황을 보고했다.

그 결과, 전황이 교착 상태이며 지원군이 오면 역전도 가능한 상황이라는 사실을 안 왕도에서는 매일같이 보급 물자와 함께 모험가들과 기사들이 이 요새로 전송되었다.

술을 베풀어 부하들의 호감을 사고 이 요새의 운명을 짊어지고 있다는 사실에 기분이 좋아진 보수 대장은, 매일같이 날아오는 폭렬마법도 개의치 않으며 계속 작업했다.

이윽고 아쿠아가 외벽의 보수 및 확장만이 아니라 벽에 멋진 그림까지 그리며 예술적 감성을 폭발시키고 있을 즈음—.

"월버그가 나타났다~!"

월버그가 평소와 다른 반응을 보이자 우리는 서로의 얼굴을 쳐다보았다.

3

"—뭐가 어떻게 된 거야?!"

요새 정문 앞에 선 채 온몸을 부들부들 떨고 있는 월버그에게—.

"그, 그게 무슨 소리예요?"

……아마 이 요새에 있는 이들 중에서 그녀와 가장 많은 대화를 나눠봤을 내가 다른 모험가들의 시선을 받으며 머뭇머뭇 말을 걸었다.

월버그는 그런 나의 태도가 마음에 들지 않는지 지면을 걷어차며 이렇게 외쳤다.

"벽 말이야, 벽! 붕괴 직전이었던 이 요새의 벽이 왜 저렇게 멀쩡해진 거야?! 오히려 내가 오기 전보다 더 두꺼워졌잖아!"

"그 말은 아쿠아에게 해야……."

"또 그 여자의 짓이야?!"

대량의 물에 휩쓸려 떠내려갈 뻔했던 일을 아직 잊지 않은 월버그가 바로 그 말에 반응했다.

바로 그때였다.

"어머 어머, 누구인가 했더니…… 으음, 뭐시기 씨네."

"월버그야! ……아무래도 당신과는 결판을 내야만 할 것 같네! ……어, 어머?"

내 뒤편에서 여유 넘치는 태도를 취하고 있던 아쿠아에게 달려들려던 월버그는—.

뒤늦게 이곳에 온 다크니스 일행, 아니, 촘스케를 안고 있던 메구밍과 융융을 보더니 움직임을 멈췄다.

그녀의 시선은 촘스케를 향하고 있었다.

그리고 촘스케 또한 월버그에게서 눈을 떼지 못했다.

서로를 응시하는 한 명과 한 마리를 향해 아쿠아가 말했다.

"당신, 우리 촘스케를 그런 눈길로 쳐다보지 말아줄래요? 혹시 귀여운 봉제 인형 같은 걸 좋아하는 거야? 우리 다크니스와 취향이 비슷하네."

"어이, 아쿠아. 나는 딱히 봉제 인형을 좋아하지는……! 좋아, 하지는……."

다크니스가 말끝을 흐리고 있을 때, 내 옆에 선 아쿠아가 촘스케와 월버그 사이에 끼어들었다.

"딱히 귀여워서 쳐다본 게 아냐. 뭐, 확실히 귀엽기는…… 하……지만……?"

바로 그때, 월버그가 그 자리에서 딱딱하게 굳어버렸다.

"당신, 지금 이 검은 고양이를 뭐라고 불렀어?"

"촘스케라고 불렀는데? 처음에는 괴상한 이름 같았지만, 요즘 들어 나쁘지 않다는 생각이 들기 시작했어."

"어이, 이렇게 멋지고 근사한 이름을 괴상하다고 하지 말아주실까."

아쿠아와 메구밍이 그런 소리를 하자―

"그게 무슨 소리야?!"

월버그는 고함을 지르면서 이쪽을 향해 걸음을 내디뎠다.

그리고 그런 월버그를 경계하듯 모험가들이 반응을 보이자 그녀는 걸음을 멈췄다.

월버그는 우리의 뒤편에 있는 모험가들을 분하다는 듯 쳐다보며 입을 열었다.

"저, 저기 말이야. ……아마 그 애는 암컷일 거야. 그러니 그런 이름은 어울리지 않는다고 생각해."

"춈스케는 춈스케예요. 제 사역마이자 애완동물인 춈스케라고요."

"그게 무슨 소리야?! 저기, 진짜로 그게 무슨 소리냔 말이야! 내 반쪽은 어쩌다 그런 취급을 당하고 있는 건데?!"

월버그가 영문을 모르겠다는 듯 그렇게 말하자―.

"……아하. 너, 신격이 너무 낮다 싶더니, 이 애한테 절반 정도 빼앗긴 거지? ……오호라, 나의 이 맑디맑은 눈으로 내다보니, 춈스케는 봉인을 당한 상태인 것 같네."

아쿠아는 메구밍이 안고 있는 춈스케를 지그시 쳐다보면서 그런 소리를 했다.

바로 그때, 춈스케는 월버그의 곁으로 가기 위해 메구밍의 품속에서 버둥거렸다.

"아……."

그리고 월버그도 자신의 반쪽을 갈구하듯 천천히 다가오면서 손을 뻗었다.

"어이, 절대 그 녀석을 넘겨주지 마! 메구밍, 춈스케를 꽉

잡고 있어!"

"뭐, 뭐어?! 저기, 그 애는 내 반쪽이야! 오랫동안 찾아 헤맨 반쪽과 지금 감동적인 재회를 하고 있거든?!"

윌버그는 내 말을 듣더니 울상을 지으며 그렇게 외쳤다.

"우리 촘스케를 어쩌려는 건지는 모르겠지만, 우리와 적대하지 않겠다고 맹세할 수 있어? 그리고 이 요새를 함락시키는 걸 포기할 수 있냐고. 그렇게 해줄 수 없다면, 적의 힘이 늘어나는 걸 두고 볼 수야 없지."

나는 윌버그를 향해 그렇게 말했다.

"어이쿠, 더는 다가오지 마. 나는 딱히 너를 싫어하지는 않아. 그러니 이렇게 교섭을 하는 거라고. 자, 이 녀석이 풀려나기를 원한다면 내가 시키는 대로 하겠다고 맹세해. 명색이 사신이라며? 그럼 자신의 이름을 걸고 우리와 적대하지 않겠다고 맹세하라고."

나는 악랄한 미소를 지었고 이 자리에 있는 모두가 질린 표정을 지었다.

""""우와아……."""

모험가들이 이런 반응을 보이니 왠지 내가 악랄하기 그지없는 짓을 한 것 같았다.

어이, 이건 허세라는 걸 들키지 않기 위한 연기라고……!

뭐, 좋다. 만난 지 얼마 안 된 모험가들이 나를 어떻게 생각하든 동료들만 나를 믿어준다면—

"저기, 쟤가 더 사신 같지 않아? 사신을 울리는 인간을, 인간이라는 카테고리 안에 넣어도 될까?"

"그만해라, 아쿠아. 저 녀석은 나름대로 열심히 교섭을 하고 있는 것뿐이다. 그냥 못 본 척해주는 게 저 녀석을 위한 일이겠지."

"카즈마 씨, 정말 악랄해요……."

……확 울어버려도 괜찮을까?

"……오늘은 이만 물러나겠지만, 으스대지 마! 외벽을 파괴할 수 없더라도 교착 상태는 유지돼. 우리는 이 요새가 있는 한 더는 침공할 수 없어. 하지만 당신들도 숲속에 진을 치고 있는 우리를 해치우는 건 힘들걸?"

월버그는 그렇게 말한 후—.

"이렇게 되면 지구전이야! 저 벽에 그려진 낙서 째로 외벽을 계속 박살 내주겠어!"

—텔레포트로 귀환하려 한 바로 그때였다.

"저, 저기! 저를 기억하세요?! 제, 제 이름은…… 융융이에요……."

메구밍과 함께 상황을 지켜보고 있던 융융이 갑자기 그런 소리를 했다.

"……기억해. 내가 같은 마차에 탔던 너한테 같이 여행을 하지 않겠냐고 물어봤었지? ……혹시나 해서 묻겠는데, 네 이름도 별명은 아닌 거지?"

역시 이 사람은 나만이 아니라 융융과도 안면이 있는 것 같았다.

"본명이에요! 저기……. 그때, 저한테 그런 제안을 해주신 걸 쭉 기억하고 있었어요! 일기장에서도 써놨다가 때때로 다시 읽어보기도 했어요!"

"그, 그랬구나. 일기장에 써놓고 몇 번이나 다시 읽어볼 만한 일은 아니라고 생각하지만, 그래도 기뻤다니 다행이네."

그렇게 대답하는 월버그에게―

"저기!"

융융의 뒤를 이어 메구밍이 쵬스케를 꼭 끌어안은 채 상기된 목소리로 말했다.

"저를 기억하나요? 저는, 메구밍이라고 하는데요……."

하지만 월버그는 난처한 미소를 짓더니―

"기억 안 나."

작은 목소리로 그렇게 대답하고 텔레포트를 써서 사라졌다.

4

―요새 안의 집회장.

그곳에 모인 기사들과 모험가들은 흥분된 표정을 짓고 있었다.

지금까지 일방적으로 공격을 당하면서 정신적으로도, 육체적으로도 꽤나 궁지에 몰려 있었지만 지금은 눈을 반짝이며 기대로 가슴을 가득 채우고 있었다.

교착 상태에 처했는데도 말이다.

그런 그들은 나의 일거수일투족을 주시하고 있었다.

나는 그들의 시선을 받으면서 힘찬 목소리로 말했다.

"좋아, 그럼 이번 작전의 최종 확인을 해볼까! 지금부터 우리 셋은 잠복 스킬을 쓴 채 적 본진으로 접근한 후, 적들이 사정권 안에 들어오면 폭렬마법을 날리고 텔레포트로 귀환할 거야! 그 후, 반격을 해 오는 적들을 이 요새에서 막아 줬으면 해!"

모험가들은 내 말을 듣더니 힘찬 함성을 질렀다.

월버그는 말했다.

교착 상태는 유지된다고 말이다.

하지만 우리도 얌전히 당하고 있을 이유가 없다.

이번 작전은 단순명쾌하기 그지없지만 그런 만큼 매우 효과적이다.

왜냐하면 지금까지 상대가 사용했던 작전을 그대로 우리가 쓰는 것이기 때문이다.

"또 이런 악랄한 작전을 짜다니……. 뭐, 반격만 할 수 있다면 불만은 없다만……."

이 요새 안에 있는 이들 중 유일하게 폭렬마법을 견딜 수 있는 다크니스, 그리고 지원마법과 회복마법을 쓸 수 있는 데다 외벽 수리도 가능한 아쿠아는 요새에 대기하게 했다.

요새에 틀어박혀 있던 이들은 지금까지 계속 당하기만 한 것 때문에 화가 머리끝까지 치솟은 것 같았다.

모험가들과 기사들은 적진에 공격을 하러 가는 우리를 격려하며 어깨를 두드려줬다.

텔레포트 요원 겸, 여차할 때의 전투 요원인 융융.

현장에서 재빠른 판단 및, 잠복 스킬을 통한 은신과 적 탐지 스킬을 통한 탐색을 담당하는 나.

그리고 화력 담당인 메구밍. 이렇게 셋이서 감행하는 반격 작전이다.

─우리 셋은 요새에 있는 이들의 배웅을 받으며 근처에 있는 숲에 잠복했다.

적은 숲속에 진을 치고 있다.

원래 몬스터는 숲과 자연을 좋아하니 이런 장소에 진을 치고 장기간 머무는 것은 일도 아니리라.

하지만 이 환경은 우리로서도 유리했다.

곳곳에 수풀이 있기 때문에 내 잠복 스킬을 충분히 활용할 수 있다.

적진에 다가가니 적들이 어쩌고 있는지 알 수 있었다.

월버그의 공격으로 요새가 함락되기 직전이라 그런지, 진지 안은 이미 연회 분위기였다.

바로 그때, 내 소매를 잡아당긴 메구밍은 나와 시선이 마주치자 고개를 끄덕였다.

적들이 폭렬마법의 사정권 안에 들어왔다는 신호였다.

내가 융융에 시선을 보내자, 그녀 또한 준비가 됐다는 듯 지팡이를 움켜쥐었다.

―자, 그럼 역습을 시작해볼까!

5

월버그가 요새를 폭격하는 광경을 매일같이 본 마왕군은 승리를 확신하고 있는 것 같았다.

"『익스플로전』―!!!"

그런 마왕군의 진지에 필살의 마법이 작렬했다.

이미 다 이겼다는 생각으로 느긋하게 술을 마시던 마왕군은 느닷없이 공격을 당하고 패닉 상태에 빠졌다.

적진 한가운데에 작렬한 폭렬마법은 폭발 장소에 있던 몬스터들을 전부 쓸어버리며 그 자리에 거대한 구덩이를 만들었다.

"아…… 아아, 아니이이이이이잇?!"

"바바, 방금 그건 뭐야?! 폭렬마법인가?!"

"적이다! 적이 쳐들어왔다아아아아아앗!"

꽤 지능이 높아 보이는 이족보행 몬스터들이 입에 거품을 물며 벌떡 일어나서 주위를 경계했다.

하지만 융융은 이미 텔레포트의 영창을 끝냈다.

"앗! 저기를 봐! 그 녀석들이야! 홍마족 둘과……."

"『텔레포트』!"

융융은 우리를 발견한 몬스터가 말을 끝까지 잇기도 전에 텔레포트를 발동시켰다.

"─완벽하게 성공했어!"

텔레포트로 귀환한 우리는 요새에 도착하자마자 다른 이들에게 들리도록 큰 목소리로 그렇게 외쳤다.

이 자리에 있던 이들은 지금까지 쌓였던 울분이 풀렸는지 고함을 질러댔다.

곳곳에서 꼴좋다는 소리나 폭발이 이 요새의 감시탑에서도 보였다는 소리가 들려왔고 다들 멋진 표정을 지었다.

바로 그때였다.

"예상대로 적들이 움직이기 시작했어!"

보초를 서던 모험가가 숲을 손가락으로 가리키면서 그렇

게 외쳤다.

다들 그 말을 듣고 자기 위치로 가서 전투태세를 취했다.

마왕군은 방금 그 공격 때문에 제대로 열 받은 것 같았다.

살기를 풀풀 뿜으며 진형도 제대로 이루지 않은 채 요새를 향해 쇄도했다.

이제는 우리가 아니라 치트를 보유한 모험가들과 이 나라의 기사들이 나설 차례다.

요새 밖으로 나가서 저 숫자를 상대하는 것은 힘들겠지만 튼튼한 요새 안에서 방어전을 펼친다면 우리가 유리했다.

이런 난전에서 나는 도움이 되지 않는다.

"실력 좋은 모험가 여러분~! 뒷일을 잘 부탁드립니다!"

내가 그렇게 말하자 마왕군보다 더 살기를 띤 모험가들이 한층 더 큰 목소리로 함성을 질렀다―.

―그 후로……

"『익스플로전』!!!"

"아아아아아앗?!"

"또 저 녀석들이다! 놓치지 마! 잡아!"

"내 동료를 해치우다니! 살려 보내지 않겠다! 포위해!"

마왕군의 정예인 도깨비와 악마들이 입에 담은 이런 말들을 들으면서―.

"『텔레포트』!"

—매일같이 전혀 다른 시간대에 적진을 습격한 우리
는…….

"『익스플로전』—!!!!"

"식량이! 식량 창고가 박살 났어?!"

"젠장, 또냐! 새벽에 습격하지 좀 말라고!"

"월버그 님을 불러와서 저 놈들을 해치워달라고 하자!"

"월버그 님은 이미 폭렬마법으로 요새를 공격하셨어!"

"조금만 더! 조금만 더 버티면 요새의 벽을 무너뜨릴 수
있어! 그러면 단숨에 요새 안으로 쳐들어가서 이 싸움을 끝
낼 수 있다고!"

"오늘은 절대 놓치지 마라! 텔레포트를 쓰지 못하게……."

"『텔레포트』!!"

—밤낮을 안 가리며 골탕을 먹이듯 폭렬마법을 날려댔
고…….

"와하하하하하하하! 나야말로 액셀 제일의 대마법사, 메
구밍! 자, 오늘도 내 경험치가 되어줘야겠다!"

"나타났다아아아아아아아아!"

"도망쳐! 도망쳐어어어어어어어엇!"

"멍청아, 한곳으로 모이지 마! 저 홍마족은 적이 많은 곳
에 폭렬마법을 날린다고! 저쪽으로 가!"

"저쪽으로 가면 안 돼! 사방으로 뿔뿔이 흩어져서……!"

"『익스플로전』━━!!!"

─레벨이 쑥쑥 올라, 마력과 폭렬마법의 위력이 상승하는 것으로 쾌감을 느끼게 된 메구밍이 괴상한 웃음을 흘리며 마법을 날려대기 시작하자…….

"후하하하하! 와하하하하하! 자, 오늘도 제가 왔어요!"

"좋아, 항복하지! 사탕도 주마!"

"나는 나이 드신 어머니를 모셔야 해! 죽이지만 말아줘!"

"홍마족과 마족은 이름이 비슷하잖아? 그러니 우리는 분명 친구가 될 수 있을 거야!"

"이야기 좀 하자! 우리는 분명 서로를 이해할 수 있어. 다툼 같은 건 어리석은 짓이야!"

"자, 무기를 버렸다! 긍지 높은 홍마족이 설마 저항하지 않는 상대를━."

"『익스플로전』━!"

─적은 우리가 모습을 드러내기만 해도…….

"메구밍, 저쪽이야! 저 녀석들, 뿔뿔이 흩어져서 도망치는 것 같지만 한곳으로 모이고 있어!"

"알았어요! 자, 한 명도 놓치지 않겠어요!"

"우와아아아아아! 하느님, 신 님! 월버그 니이이이임!"

"나, 다시 태어난다면 마족이 아니라 고양이가 될 거야……. 그리고 매일 미인 주인님이 주는 먹이를 먹으며 사랑을……."

"이건 꿈이야. 그래, 잠에서 깨면 평소처럼 산책을 가야지. 그리고 집으로 돌아오면 엄마가 갓 잡은 블러드 팽으로 스테이크를……."

"나나나, 나는 마왕군 간부로 임명될 남자다! 나를 살려두면 분명 마왕님께서 몸값을……!"

"『익스플로전』——!!!!!!"

—다들 엉엉 울며 도망치게 됐다.

"놓치지 않겠어요! 놓칠까 봐…… 아앗, 기다려요!"

"……음, 이제 충분해. 오늘은 이만 돌아가자."

마왕군을 습격하기 시작하고 며칠이 흘렀을까.

처음에는 폭렬마법을 날리면 보복이라도 하려는 것처럼 요새를 공격하던 마왕군도 지금은 사기가 바닥을 치고 있었다. 진지를 버리고 마왕령으로 도망치지 않는 게 이상할 정도의 상태였다.

"이제 누가 마왕군인지 분간이 안 되는데……."

우리와 함께 행동하던 융융이 질린 어조로 그렇게 말했다.

요즘 들어 마왕군은 메구밍을 보자마자 무릎을 꿇거나, 지면에 넙죽 엎드린 채 기도를 올리는 등, 도망치는 것조차 포기한 반응을 보였다.

이제 그만 후퇴하는 편이 나을 테지만 마왕군은 상하관계가 엄격한 것 같았다.

도망치면 사형을 당하는 걸까.

"난처하게 됐군요. 이래서는 효율적으로 레벨업을 할 수 없어요."

"혹시나 해서 말해두겠는데, 너를 레벨업시키려고 이런 짓을 하고 있는 게 아니라고."

목적이 왜곡되기 시작한 것 같으니 이쯤에서 끝내는 편이 나을지도 모른다.

이미 마왕군의 정예 부대라는 녀석들도 매일같이 폭렬마법을 맞는 바람에 괴멸되고 말았다.

요새 외벽 또한 아쿠아가 모험가들을 지휘하며 열심히 수리를 하다 보니, 지금은 우리가 처음 왔을 때보다 더 견고해지고 말았다.

그 녀석은 아크 프리스트가 아니라 예술가나 기술자가 되는 편이 이 세상을 위해 도움이 될 것 같다.

이쯤 했으면 이제 괜찮을 것이다.

"자, 그럼 융융. 오늘은 이만 돌아갈까요. 폭렬마법을 못 쓴 건 아쉽지만, 저들이 안심하면서 진지로 돌아올 한밤중에 다시 습격을 하도록 하죠. 텔레포트를 준비해주세요."

메구밍이 그렇게 말하면서 지팡이를 어깨에 걸친 바로 그때였다.

"드디어 만났네. 당신들을 찾느라 정말 고생했다니깐."

요즘 들어 요새의 외벽을 부수는 걸 포기한 건지 공격을 하러 오지 않던 월버그가 쓰디쓴 표정으로 이 자리에 나타났다.

6

큰일 났다.

하필이면 이런 곳, 그리고 이런 상황에서 마주칠 줄이야.

"오늘은 그 사람이 없는 것 같네."

월버그는 나를 쳐다보고 빙긋 웃었다.

그 사람이란 바로 우리의 잉여신을 말하는 것이리라.

평소에는 아무짝에도 쓸모가 없지만 이 사신은 아쿠아를 어느 정도 경계하고 있는 것 같았다.

월버그는 나와 메구밍을 쳐다보더니 노란 눈동자를 가늘게 뜨며 말했다.

"당신들은 도가 지나쳤어. ……이제 내버려 둘 수 없을 것 같네. 이야기를 나눈 적이 있는 상대와 싸우고 싶지는 않지만, 어쩔 수 없지……."

"자, 잠깐만 있어봐! 나도 너와 싸우고 싶지는 않아! 우리는 같이 목욕을 했던 사이잖아!"

"“어?!”"

메구밍과 융융의 목소리가 하모니를 이뤘다.

"……이런 상황에서 그때 일을 언급하지 말아줬으면 좋겠는데……."

"“어엇?!”"

중요한 교섭을 하고 있는데 홍마족 두 사람이 너무 시끄러웠다.

"저, 저기, 저 애들이 오해를 한 것 같은데……."

"오해는 무슨. 두 번 정도 같이 목욕을 했고, 서로가 남처럼 느껴지지 않는다고 말했을 뿐인 사이인데……."

"그, 그런 말을 하고! 같이 목욕을 하기도 했지만……!!"

월버그는 분위기를 바꾸려는 것처럼 눈을 가늘게 뜨고 우리를 노려보았다.

"요즘 우리 애들을 빈번하게 습격한 당신에 대해 조사해 봤어. 베르디아, 바닐, 한스, 실비아. ……이 네 명의 이름을 기억하지?"

월버그는 나와 얽힌 적이 있는 간부들의 이름을 언급했다.

"월버그 씨, 귀가 빨개요."

"입 다물어!"

아까 목욕 운운한 게 부끄러운지 귀가 빨개진 월버그는 내 지적을 듣고 볼까지 살짝 붉혔다.

"확실히 그 네 명은 알아. ……하지만 너와는 싸우고 싶지 않아."

"하지만 나는 당신을 그냥 보내줄 수 없어. 내 반쪽을 되찾아야만 하는 데다, 간부를 넷이나 쓰러뜨린 당신은 마치 옛날이야기에 나오는 용사 같거든."

최약체 직업인 용사는 좀 그렇지 않아? 내 필살기는 스틸이라고…….

그런 내 생각을 알 리가 없는 월버그가 말을 이었다.

"게다가 당신의 이름을 듣고 나서, 더욱 내버려 둘 수 없게 됐어. 저기, 옛날이야기에 나오는 용사의 이름을 알아?"

그렇게 말한 월버그는 마치 내 비밀을 안다는 것처럼 의기양양한 표정을 지었다.

"……몰라. 괜찮으면 가르쳐주지 않겠어?"

"시치미를 잘 떼네. 아니면 오래된 이야기라 이미 사람들의 기억에서 사라진 걸까? 옛날이야기에 나오는 용사의 이름은 사토야. 너와 같은 이름이지. 이렇게 드문 이름을 지녔으면서 우연이라고 우길 생각인 거야?"

우리나라에서는 가장 많은 이름인데요.

하지만 그걸로 이해했다.

월버그는 나를 용사의 후예 같은 걸로 생각하고 있는 것이다.

나와 그 사토 씨는 생판 남일 것 같은데…….

바로 그때였다.

"저기."

메구밍은 치켜들고 있던 지팡이를 내리면서 입을 열었다.

"제가 누구인지, 정말 기억이 나지 않는 건가요?"

그런 메구밍은 볼을 붉힌 채 붉은 눈동자를 반짝이고 있었다.

하지만 윌버그는 그런 메구밍을 힐끔 쳐다보더니—.

"……전에도 말했지만 기억 안 나. ……하지만 걱정하지 마. 앞으로는 당신을 꼭 기억할게. 내 부하들을 수없이 해치운 적으로서 말이야."

"윽?!"

윌버그는 그렇게 말하더니 더는 할 이야기가 없다는 것처럼 마법을 영창하기 시작했다!

"자, 잠깐만 있어봐! 우리는 너와 싸울 생각이……!"

나는 말을 이으려다 상대가 농담을 하고 있는 게 아니라는 사실을 눈치챘다.

왜냐하면 상대가 영창하고 있는 마법은—.

"융융, 텔레포트를 영창해!"

"아아, 알았어요! 지, 지금 바로 할게요!"

윌버그가 폭렬마법을 쓰려 하자, 융융은 허둥지둥 텔레포트를 영창하기 시작했다.

메구밍은 월버그가 방금 한 말을 듣고 충격을 받았는지, 아니면 다른 이유가 있는 것인지, 마법을 영창하지도 않았다.

나는 사전에 준비해 온 마도구들을 요새에 두고 온 것을 후회하며 뭔가 없나 싶어 호주머니 속을 뒤졌다!

그리고 나는 호주머니에 집어넣어 뒀던 물건을 꺼내—.

"『틴더』!!!!!!"

조그마해진 그것을 향해 마법을 쓴 후 월버그를 향해 던졌다!

월버그는 자신을 향해 날아오는 물건을 보고 마법 영창을 중단한 뒤 그것을 피할지 말지 고민하며 한순간 움직임을 멈췄다.

나는 그게 폭발하기 전에 메구밍의 팔을 움켜잡은 후 융융 쪽으로 몸을 날렸고—!

"『텔레포트』!!!!"

융융의 목소리를 들으면서 눈을 감았다.

7

간발의 차이로 요새에 귀환한 우리는 그대로 무너지듯 바닥에 주저앉았다.

"어, 어이. 카즈마, 왜 그러느냐? 그리고 오늘 폭렬마법은 평소보다 폭발음이 좀 작았던 것 같다만?"

우리가 전이한 곳은 요새의 집회장 안이었다.

다크니스는 바닥에 주저앉은 우리에게 말을 걸었다.

뭔가 이상하다고 느낀 이들이 허둥지둥 우리 주위로 모였다.

"저기, 카즈마. 왜 그래? 다들 얼굴이 새파랗게 질렸잖아. 그 엉터리 여신한테 괴롭힘을 당한 거야?"

평소 엉터리 여신이라는 소리를 신경 썼던 아쿠아가 내 옆에 앉으며 그렇게 말했다.

"까딱했으면 폭렬마법을 맞을 뻔했어. 호주머니에 넣어둔 열화(劣化) 마이트를 냅다 던지고 도망쳤지. 내가 운이 좋다는 걸 오늘 처음으로 실감한 것 같아."

나는 땅이 꺼져라 한숨을 내쉬며 고개를 절레절레 내저었다.

"……어, 뭐야? 너, 여기 오고 나서부터 꽤 기운이 넘치는구나. 역시 자신의 반쪽이 근처에 있어서 그런 거야?"

요새에 두고 갔던 촘스케가 바닥에 주저앉은 내 무릎 위에 기어 올라왔다.

월버그의 주장을 믿는다면 이 녀석 또한 사신의 일부일 것이다. 그런 녀석을 앞으로 어떻게 대하면 좋을까.

"저기, 카즈마. 열화 마이트라면 일전에 만든 그거지? 그 폭발음이 여기까지 들렸다는 건 그 자칭 여신을 해치운 거야?"

……그러고 보니 그 후 어떻게 되었을까.

폭발음이 들렸다는 걸 보면 불발은 아니었으리라.

하지만 그것은 위력이 상당하기는 해도, 그걸로 마왕군 간부를 쓰러뜨릴 수 있을 것 같지는 않았다.

바로 그때였다.

"―죄송해요."

어느새 내 옆으로 다가온 메구밍이 그렇게 말했다.

"액셀 마을에서도, 이 요새에서도, 몇 번이나 자신만만하게 떠들어놓고 적에게 마법을 날리지 못해 정말 죄송해요……."

메구밍은 그렇게 말하더니 내 눈을 지그시 쳐다보았다.

"너, 그 누님과 무슨 일이 있었던 거야?"

내가 은근슬쩍 그렇게 묻자―.

"……말할 수 없어요."

메구밍은 금방이라도 울음을 터뜨릴 듯한 표정을 지으며 고개를 숙였다.

나는 그런 메구밍을 보면서―.

제대로 사고 쳤다고 생각했다.

으윽, 지뢰를 밟고 말았어.

그렇게 공격적인 메구밍이 주저하는 것만 봐도 둘 사이에 무슨 일이 있었던 게 틀림없잖아!

아무 일도 없었을 리가 없다고! 어쩌지?! 이 녀석, 금방이라도 울음을 터뜨릴 것 같은데 진짜로 어떻게 하지?!

내가 도움을 청하듯 주위를 돌아보자 모험가들은 물론이고 아쿠아와 다크니스까지도 고개를 돌렸다.

너무해. 아쿠아는 몰라도 다크니스까지 이러기냐.

—바로 그때였다.

"어이. 저 녀석, 월버그 아냐?"

누군가가 그렇게 말했다.

요새 안의 집회장 창문을 통해 밖을 쳐다보던 모험가 중 한 명이 그렇게 말했고 다들 창가로 몰려갔다.

나도 그쪽으로 가서 그들이 쳐다보는 곳을 응시했다.

그곳에는 몸 곳곳이 피범벅이 된 채 요새를 향해 곧장 걸어오고 있는 월버그의 모습이 눈에 들어왔다.

"월버그가 상처투성이야!"

"사토 카즈마라고 했지?! 대단하네……!"

"아쿠아 님에게 들었어. 너, 우리처럼 특전을 받지도 않았다며?"

그 모습을 본 모험가들이 입을 모아 나를 칭찬했지만 나는 그다지 기분이 좋지 않았다.

미녀라고는 해도 월버그는 적이다. 마왕군 간부이자, 인류의 적인 것이다.

그렇다. 자기혐오에 빠질 필요는 없다. 이건 정당방위라는 거니까 말이다.

내가 갈등에 사로잡혀 있을 때 누군가가 말했다.

"어이, 지금이라면 윌버그를 해치울 수 있지 않을까? 딱 봐도 꽤 약해진 것 같잖아."

치트 보유자로 보이는 녀석들이 그 말을 듣고 서로의 얼굴을 쳐다보더니─.

"좋아, 가자! 마왕군의 정예도 대부분 괴멸시켰잖아!"

"겉보기에는 예쁜 누님이지만 가만 놔둘 수는 없다고."

"물러터진 소리를 하다간 우리가 죽을 거야. 어이, 싸울 수 있는 녀석들은 준비해! 윌버그를 쓰러뜨린 후에 그대로 마왕군 잔당을 쓸어버리자고!"

확실히 모험가로서는 시극히 올바른 행동이다.

이 자리에 있던 대부분의 이들이 차례차례 집회장 밖으로 뛰쳐나갔다.

그중에는 윌버그를 쓰러뜨린다기보다 속물근성을 발휘하며 구경하러 가는 아쿠아, 그리고 굳은 표정을 지은 다크니스도 있었다.

……집회장을 나가기 직전, 다크니스는 나를 쳐다보면서 고개를 살짝 끄덕였다.

어이, 방금 그건 무슨 의미야? 나보고 뭘 어쩌라는 거냐고!

설마 나보고 메구밍을 어떻게 하라는 거야!?

메구밍은 월버그가 왔다는 말을 듣고도 아무런 반응을 보이지 않았다.

나는 이런 무거운 분위기를 싫어한다고! 지금까지의 인생이 워낙 가벼웠으니 말이야!

내가 그런 생각을 하며 허둥거리고 있을 때 이 자리에 남아 있던 융융이 입을 열었다.

"저 사람은 마왕군 간부이자 사신이야."

그렇게 말하며 지팡이를 꺼내 든 융융의 눈은 붉게 빛나고 있었다.

"저 언니는 나한테 같이 여행을 하자고 말해줬어. 그게 너무 기뻐서 일기에 적어둔 후, 몇 번이나 다시 읽어봤지. 그리고 그 제안을 거절한 걸 후회하며 한동안 밤에 잠을 못 잤어."

융융이 갑자기 엄청난 고백을 하자, 나와 메구밍은 어떤 반응을 보여야 할지 몰라 입을 다물고 있었다.

"하지만 홍마족은 옛날에 마왕에게 대항하기 위해 인간이 만들어낸 최강의 마법사 집단이야. 설령 그 어떤 이유가 있더라도 마왕군 간부와 친해져서는 안 돼."

융융은 진지한 표정으로 그렇게 말했지만 이 애는 자신이 때때로 함께 다니는 바닐과 위즈의 정체를 알고 있는 걸까.

아무튼 지팡이를 쥔 융융이 그대로 집회장 입구로 향했다.

"저 언니와는 마차 안에서 잠시 이야기를 나눈 게 다지만,

아무것도 모르는 다른 모험가에게 저 언니가 당할 바에야, 차라리 내가……. 내, 내내, 내가……!"

융융은 쿨하게 행동하려 했으나 더는 한계인지 금방이라도 울음을 터뜨릴 것 같은 표정을 지으며 몸을 부들부들 떨었다.

그런 융융을 보고도, 메구밍은 아까 월버그와 대치했을 때 아무것도 못 했다는 사실 때문에 자책을 하고 있는지 입을 다물고 있었다.

바로 그때, 메구밍은 어느새 내 무릎에서 내려간 춈스케를 잡더니 아무 말 없이 꼭 끌어안았다.

이 녀석이 월버그와 인연이 있다는 것은 알고 있다.

그것도, 공격을 주저할 만큼 깊은 인연이 있는 것이리라.

나는 그런 메구밍에게—.

"……어쩌고 싶어?"

"……예?"

마치 같이 놀러 가자는 투로 말했다.

"나는 자초지종을 몰라."

나는 당황한 메구밍에게 계속 말했다.

"너, 그 사람과 인연이 있는 거지? 그런데 이대로 다른 녀석들에게 당하게 둘 거야?"

마치 평소처럼 폭렬 산책을 하러 가자고 말하는 투였다.

"상대는 의욕이 넘치고, 그 사람이 앞으로도 계속 춈스케를 노린다면 우리의 목숨도 위험해. 그러니까 모험가들이 월버그를 쓰러뜨리는 걸 막지는 않을 거야."

나는 그렇게 말하면서 앞으로 벌어질 싸움에 방해가 될 촘스케를 메구밍에게서 빼앗았다.

"하지만 홍마족은 가장 멋진 타이밍에 나타나서 가장 맛있는 부분을 독차지한다면서?"

나는 어느새 고개를 든 메구밍의 붉게 빛나는 눈동자를 쳐다보며 말했다.

"네 손으로 직접 결판을 내고 싶다면 도와줄게."

8

수많은 기사들과 모험가들이 지켜보는 가운데―.

나는 촘스케를 안아 들고 메구밍과 함께 월버그와 대치했다.

그렇게 의욕이 넘치던 모험가들은 「너희가 치트 능력을 이용해 쑥쑥 앞으로 나아가서 모르고 지나친 엄청난 가게를 가르쳐주지」라고 내가 말하자, 바로 월버그와의 싸움을 우리에게 양보했다.

치트 보유자들답게 마왕군 간부의 상금 수준의 돈은 이미 번 것 같았다.

정말 부러운걸…….

내가 뒤편에서 할 말이 있는 표정을 짓고 있는 다크니스와 아쿠아를 시선만으로 입 다물게 만들었을 때―.

"당신, 꽤 무시무시한 물건을 가지고 있던데 진짜로 용사의 후예가 아닌 거야?"

몸 곳곳에서 피가 배어나오고 있고 로브가 너덜너덜해진 윌버그가 비아냥거리는 목소리로 그렇게 말했다.

"그건 문명의 이기라는 거야. 하지만 마왕군 간부 상대로 이 정도 위력을 발휘할 줄은 몰랐어. 앞으로의 싸움에 대비해 대량으로 생산해두는 것도 괜찮을 것 같네."

나는 촘스케를 안은 채 농담을 하고 말을 이었다.

"그런데 왜 이 상황에서 요새에 쳐들어온 거야? 이미 승부는 갈렸잖아. 이대로 물러설 생각은 없어? 나는 네가 촘스케를 포기하고 앞으로 우리와 얽히지 않겠다고 맹세한다면 눈감아 줄 수도 있어."

윌버그가 이 제안을 받아들이지 않을 거라고 생각하면서도 나는 일단 말해봤다.

"유감이지만, 그런 무기를 대량으로 생산한다는 말을 들은 이상, 당신을 살려둘 수는 없어. 게다가 그 애를 포기하는 것도 무리야. 왜냐면 이대로 있다간 나는 소멸하고 말거든."

윌버그는 그렇게 말하면서 흐릿해진 오른손을 나에게 보여줬다.

"……언데드의 일종이십니까?"

"무례한 소리 하지 마. 힘을 너무 많이 잃은 탓에 이대로 있다간 내 반쪽에게 집어삼켜지고 말 거야."

반쪽이라면 내가 안고 있는 이 녀석을 말하는 건가?

······어?

"뭐 하나만 물어봐도 돼? 만약 이 녀석을 너한테 건네주면 어떻게 힘을 되찾을 거야? 촘스케와 합체하기라도 하는 거야?"

내가 그렇게 묻자 월버그는 순순히 대답했다.

"아냐. 내 손으로 저 애를 소멸시킬 거야. 나는 나태를 관장하고, 저 애는 포학을 관장해. 옛날에 나와 저 애가 우연히 봉인에서 풀려났을 때, 저 애는 본능에 따라 날뛰었거든. 그때는 상당한 양의 힘을 빼앗고 봉인했었지."

잘은 모르겠지만 그 말은 촘스케를 공격한다는 건가?

고양이 애호가인 나로서는 그 말을 들은 이상 그냥 두고 볼 수 없었다.

바로 그때, 지금까지 아무 말도 하지 않았던 메구밍이 입을 열었다.

"당신과 촘스케의 봉인이 풀렸을 때, 근처에 한 여자애가 있지 않았나요? 대여섯 살 정도 되는 새빨간 눈의 여자애 말이에요."

메구밍은 지팡이를 움켜쥐며 뭔가를 확신한 어조로 그렇게 말했다.

"기억 안 나."

월버그가 차갑게 대답했지만 메구밍은 월버그에게서 눈을 떼지 않았다.

이 흐름은 좋지 않은걸.

나는 어떻게든 화제를 돌리기 위해 전부터 궁금했던 걸 물어보았다.

"……어이. 너는 이렇게 우리와 말이 잘 통하잖아. 그런데 왜 마왕군에 들어간 거야?"

월버그는 왠지 괴로워하듯 숨을 들이마셨다.

"나를 쓰러뜨린다면 그 질문에 답해줄게."

월버그는 놀리는 듯한 어조로 저번과 똑같은 말을 했다.

예상은 했지만 역시 대답해주지 않았다.

전투를 피하는 건 무리일 것 같았다.

"이미 알고 있겠지만, 내 옆에 있는 이 녀석은 폭렬마법을 써. 즉, 결판이 난다면 서로가 이야기를 나눌 수 없는 상태일 거라고."

"……그건 그러네. 그렇다면……."

월버그는 빙긋 웃었다.

"마왕에게 물어보면 가르쳐줄 거야."

괴로워하는 목소리로 그렇게 말한 후 마법을 영창하기 시작했다.

─젠장. 점점 약해져 가는 것 같아서 좀 더 시간을 끌어보려고 했는데, 먼저 영창을 시작했잖아!

나는 메구밍의 영창 속도를 알고 있다.

지금부터 마법을 영창하더라도 먼저 마법을 날릴 수 있을지 없을지 아슬아슬했다.

내가 그런 생각을 하며 메구밍을 쳐다보니―.

"……실은 저를 기억하죠?"

그녀는 작은 목소리로 그렇게 중얼거리면서 양손으로 지팡이를 움켜잡았다.

메구밍이 영창을 하지 않자, 나는 새파랗게 질린 얼굴로 그녀의 손을 잡아끌며 도망치려 했다.

"일전에 만났을 때, 당신은 융융의 이름을 듣고 이렇게 말했어요. 「……혹시나 해서 묻겠는데, 네 이름도 별명은 아닌 거지?」라고 말이에요."

하지만 전혀 동요하지 않은 듯한 반응을 보이며 내 손을 슬쩍 피한 메구밍은―.

"당신에게 하고 싶은 말, 그리고 보여주고 싶은 게 있어요."

여전히 낭랑한 목소리로 마법을 영창하고 있는 월버그에게―.

"당신이 가르쳐준 폭렬마법. 이제 영창 없이도 제어할 수 있을 정도의 경지에 이르렀어요."

―「고마워요」라고 속삭이듯 말했다.

"『익스플로전』―――!!!!!!"

9

마왕군은 상당한 타격을 입었고 그들을 이끌던 마왕군 간부는 패배했다.

원래라면 거창하게 승전 파티라도 열어야겠지만 메구밍의 상태가 좋지 않았기에 우리는 파티를 사양했다.

그리고 다음 날. 요새에 있는 이들과 적당히 인사를 나눈 후, 액셀로 돌아가기 위해 요새를 출발한 우리는 중계 지점 이자 일전에 월버그와 만났던 여관에 묵기로 했다.

팔베개를 하고 침대에 누운 나는 어제 있었던 일 때문에 꽤 피곤해서 일찌감치 목욕을 하고 잠이나 푹 자고 싶었지만, 지금은 여자들이 목욕을 하고 있었다.

이곳은 혼욕이니 내가 들어가도 법적으로는 문제가 없으나, 억지로 들어가려 하자 눈이 붉은색으로 빛나는 사람들이 있었기에 부리나케 도망쳤다.

……이번 싸움은 정말 위험했다.

지금까지 싸운 상대는 도망치거나 피할 방법이 여러모로 있었다. 하지만 폭렬마법을 쓰는 자를 적으로 돌리니 정말 공포 그 자체였다.

아무래도 앞으로 메구밍을 진짜로 화나게 해서는 안 될 것 같았다.

나는 요새를 나온 뒤로 계속 나한테 들러붙어 있던 촘스케를 가슴 위에 올려두며 마음속으로 다짐을 했다.

……그건 그렇고 이 녀석은 대체 뭘까.

결국 월버그는 아무 말도 하지 않고 소멸됐다.

아무리 폭렬마법을 맞았다고 해도 마왕군 간부라면 신체의 일부 정도는 남을 것이다.

하지만 폭렬마법에 의해 생긴 구덩이 안에는 살점 하나 남아 있지 않았다. 뭐, 몇 번이나 이야기를 나눈 누님이 죽어가는 모습을 보지 않아도 됐으니 다행일까?

그리고 메구밍이 폭렬마법을 날리며 고맙다고 말했을 때, 월버그가 그 말을 듣고 한순간 미소를 지은 것 같았는데 내 눈의 착각이었을까.

착각이 아니었으면 좋겠는데…….

그리고 이 게으르기 그지없는 털 뭉치는 자신의 반쪽이 소멸해도 없어지지 않는 건가?

으음, 이번에는 상황이 급박하게 돌아간 데다, 이해가 안 되는 부분이 너무 많았던 탓에 머릿속이 복잡했다.

내가 생각에 잠겨 있을 때 촘스케가 내 몸에 자신의 코끝을 댔다.

……사신이든 뭐든 상관없어.

나를 위로해주는 건 너뿐이라고……

내 가슴 위에서 몸을 둥글게 만 춈스케를 쓰다듬어주며 어리광 섞인 고양이 울음소리를 듣고 있을 때였다.

"카즈마, 아직 안 자죠? 다들 목욕을 마쳤어요."

노크 소리가 들리고 그 뒤를 이어 메구밍의 목소리가 문 밖에서 들려왔다.

"아, 좀 있다 들어갈게~."

눈을 가늘게 뜬 채 내 가슴 위에 편안히 누워 있는 춈스케를 치우는 것은 좀 그래서, 나는 그렇게 대답했다.

그러자 문이 살며시 열렸다.

"……여기 있었군요. 모습이 안 보여서 찾아다녔어요."

방에 들어온 메구밍은 내 가슴 위에 자리한 춈스케를 보며 기쁜 듯 눈을 가늘게 떴다.

메구밍은 손을 뒤로 돌려 문을 닫더니 내가 누워 있는 침대에 걸터앉았다.

"지금은 내 치유 타임 중이거든? 이 녀석은 좀 있다 데려가라고."

"딱히 이 애를 데려갈 생각은 없어요. 여관 밖으로 나갔나 싶어 걱정했는데, 카즈마의 곁에 있으니 안심해도 되겠네요."

메구밍은 그렇게 말한 뒤, 내 가슴 위에 누워 있는 춈스케를 향해 손을 뻗었다.

그리고—.

"……어, 어이. 갑자기 뭐하는 거야?"

메구밍은 춈스케를 쓰다듬으면서 내 옆에 눕더니 그대로 몸을 밀착시켰다.

그러자 춈스케는 분위기 파악을 한 것처럼 침대에서 내려가 방바닥에 누웠다.

내가 그렇게 당황한 가운데, 메구밍은 얼굴을 보여주지 않으려는 것처럼 이불을 머리까지 뒤집어쓰고 작은 목소리로 속삭이듯 말했다.

"오늘은 여기서 자도 될까요?"

어제 일이 있은 후로 오늘 출발할 때까지 방에 틀어박혀 있었던 이 녀석이 지금은 왜 이러는 걸까.

뭐, 메구밍은 아는 사람에게 폭렬마법을 날렸다.

그러니 이러는 것도 무리는 아니겠지만—.

"……당연히 안 되지. 너 지금 무슨 소리를 하고 있는지 알기나 하는 거야? 무슨 속셈인지는 모르겠지만, 나를 예전 같은 얼간이라고 생각하지 마. ……나는 전에 이 여관에 묵었을 때, 맹세했어. 너나 다크니스가 어중간하게 나를 유혹하면 바로 덮쳐버리겠다고 말이야."

나는 분위기가 어두워지지 않도록 일부러 농담 투로 그렇게 말했다.

그 말을 들은 메구밍의 눈동자가 한순간 붉은빛을 뿜었다.

"좋아요. 실은 저도 그럴 생각으로 이 방에 온 거예요."

메구밍은 그렇게 말하더니 웃음을 흘렸다.

……이 녀석은 대체 왜 이러는 걸까.

그리고 이렇게 한 이불을 덮은 채 밀착한 상태에서 한숨을 토하면 열기를 머금은 숨결 때문에 가슴 언저리가 뜨거워진다고요.

큰일 났다. 진짜로 가슴이 뛰기 시작했어.

진짜로 위험하다. 장난이 아니라고.

이대로 있다간 내 하반신이 익스플로전을 영창할 것이다.

"어이, 나도 건전한 사춘기 남자애거든? 이런 상황에서 그런 농담 하지 마. 남자는 말이야. 이런 일을 당하면 착각하기 마련이야. 인기 없는 남자는 여자와 손을 잡기만 해도 그 여자를 좋아하게 된다고. 진짜로 조심해."

나는 긴장한 탓에 상기된 목소리로 이불을 뒤집어쓴 메구밍을 향해 그렇게 말했다.

그러자 메구밍은 이불 안에서 두 손을 내 등 뒤로 돌리더니 그대로 꼭 끌어안았다.

"제가 예전에 말했을 텐데요?"

이불로 자신의 얼굴을 가린 메구밍의 낮은 목소리가 내 귓속으로 스며들어 왔다.

"「저는 카즈마를 좋아하는데요?」라고 말이에요."

10

어쩌다 이렇게 된 걸까.

이 갑작스러운 전개는 대체 뭘까.

아니, 진정해. 역시 메구밍은 지금 어딘가 좀 이상해.

하지만 이대로 갈 데까지 가고 싶다는 마음을 억누를 수가 없어.

—약간 뜬금없는 소리를 하자면 나는 만화를 매우 좋아한다.

라이트노벨을 좋아한다.

게임도 좋아하고 애니메이션도 본다.

그리고 그런 것들을 즐기면서 항상 이런 생각을 한다.

왜 미소녀가 이렇게 유혹을 하는데 건드리지 않는 거야, 너도 나이를 먹을 만큼 먹은 남자잖아, 이 얼간아. 나라면 무조건 덮쳤을 거라고, 라고 말이다.

나는 지금, 그런 러브코미디 만화의 주인공 같은 상황에 처해 있다.

그리고 깨닫고 말았다.

죄송해요. 지금까지 그런 생각을 해서 정말 죄송해요.

방금 비슷한 또래 여자애가 나를 꼭 끌어안은 채 좋아한다고 말했거든요? 이런 상황에서의 대처법을 가르쳐주세요.

메구밍은 나를 껴안은 손에 힘을 줬다.

그렇다고 아픈 것은 아니었다.

나에게 마음속의 무언가를 전하려는 것처럼 필사적으로 꼭 끌어안았을 뿐이다.

……우와, 위험하다.

내가 조금만 용기를 내면 그대로 갈 데까지 갈 수 있는 상황이다.

어이, 무슨 생각을 하는 거야. 가면 안 된다고!

잘 생각해, 사토 카즈마. 잘 생각하는 거야.

이건 다크니스와 갈 데까지 갈 뻔했을 때와는 경우가 다르다.

그때는 다크니스가 시집을 갈 각오를 한 채 나와 선을 넘으려 했다.

하지만 지금은 서로 합의하에서 선을 넘으려 하고 있었다.

파티 멤버가 한집에서 다 같이 생활을 하고 있는데, 나와 메구밍이 선을 넘어버리면 어떻게 될지 생각해봐!

이상해, 역시 이상하다고…….

이 녀석, 진짜로 이상해!

그리고 아직 서두르지 마.

포옹을 당한 상태에서 고백을 들었을 뿐이잖아.

나는 얼굴이 달아오르는 것을 느끼며 상기된 목소리로 말했다.

"너, 너는 어른이 되면 분명 악녀가 될 거야. 이러면 안 된다고. 너, 모르지? 남자들은 이럴 때 거시기가 거시기해지면서 인내심이 바닥나 버려. 그리고 지금만 기분 좋으면 나중 일 같은 건 아무래도 상관없어~ 같은 생각을 한단 말이다. 내가 강철 같은 정신력을 지닌 진정한 사나이라서 다행인 줄 알아. 안 그랬으면 너는⋯⋯."

내가 얼버무리듯 그렇게 이야기를 늘어놓는 와중에도—.

여전히 이불 밖으로 얼굴을 내밀지 않은 메구밍은 내 가슴 언저리를 향해 뜨거운 숨결을 토했다.

그리고 그 뒤를 이어 메구밍의 웃음소리가 들려왔다.

"⋯⋯어른이 되면? 무슨 소리를 하는 거죠?"

메구밍은 나를 안은 손에 힘을 주더니 약간 낮은 목소리로 중얼거렸다.

"저는 곧 열다섯 살이에요. 이미 엄연한 어른이라고요."

나는 이제 아무 말도 하지 않기로 했다.

—오른손으로 메구밍의 머리를 살며시 끌어안으며 그녀의 차가운 머리카락에 손가락 끝을 집어넣었다.

그리고 손가락으로 머리카락을 빗겨주듯 아름다운 흑발을 매만졌다.

그러자 메구밍은 고개를 숙인 채 내 등에 두르고 있던 손으로 내 뒷머리카락을 쓰다듬었다.

나는 메구밍의 등에 손을 두르며 그녀의 조그마한 몸을 끌어안았다.

메구밍이 나에게 안기고 안심한 것처럼 내 품속에서 깊은 한숨을 내쉬었다.

……나는 여자와 사귄 적이 없어서 이제 한계예요.

앞으로는 뭘 어쩌면 좋을까요.

부탁이에요. 누가 좀 가르쳐주세요.

우선 차분하게 키스라도 할까요?

젠장, 서큐버스 서비스를 받았을 때를 떠올려!

나는 머릿속으로 혼자 묻고 혼자 답하면서, 메구밍과 포옹을 한 채 서로의 머리카락을 쓰다듬었다.

차가우면서도 매끈한 머리카락을 만지고 있으니 기분이 좋아졌다.

나는 이불 속으로 머리를 집어넣은 후 메구밍의 얼굴을 향해 고개를 숙였다.

이불 속이라 서로가 어떤 표정을 짓고 있는지 알 수 없었다.

나의 천리안 스킬 덕분에 메구밍의 얼굴 윤곽만은 확연하게 보였다.

어쩌다 보니 이런 상황이 되기는 했지만 대체 왜 이렇게 된 것일까.

긴장한 탓에 머릿속이 이상해질 것 같지만 그와 함께 가습속이 기대로 가득 차 있었다.

젠장, 가슴이 아파 오기 시작했다. 심장 또한 미친 듯 뛰고 있었다.

그래. 이게 사랑이구나.

나는 어느새 메구밍을 좋아하게 된 것일까.

아마 이 두근거림은 성욕에서 비롯된 것이 아니리라.

나는 그런 생각을 하면서 조용히 각오를 다졌다.

우리한테는 돈도, 집도 있으니 물질적으로는 아무 문제 없다.

메구밍과 함께라면 잘 지낼 수 있을 것이다.

그런 생각을 하고 있을 때 메구밍이 내 품에 파고들었다.

그러자 메구밍의 입가가 내 목덜미 근처에 위치했다.

그리고 그녀가 숨을 쉴 때마다 뜨거운 숨결이 내 목에 닿았다.

나는 그런 메구밍의 입술에······!

『메구밍~! 메구밍~? 어디 있어~?』

······뭐, 이렇게 될 줄 알았다고!

복도에서 아쿠아의 목소리가 들리자 나는 이불 밖으로 머리를 내밀었다.

문밖에서는 누군가가 뛰어다니는 소리가 들려왔다.

분위기 파악 못 하는 아쿠아 때문에 짜증이 치솟았지만 그와 동시에 머릿속이 냉정해졌고, 아주 약간 안심했다.

응. 그냥 이대로 갈 데까지 가버렸다면 후회했을 거야.

메구밍은 지금 정상이 아냐.

이대로 함께 선을 넘었다면 다른 동료들과의 관계 또한 달라질 것이다.

그러고 보니 메구밍은 예전에 부적을 만들면서 이렇게 말했다.

『즐거워요. 이 부적에 소망을 담으며 만들고 있거든요. 아무도 파티에서 빠지는 일 없이, 쭉 함께 지내게 해달라는 소망을 말이에요.……아쿠아한테도 항상 고마워하고 있어요. 쭉 함께 시내요.』

선을 넘어버린다면 쭉 함께 지낼 수 없으리라.

하지만 메구밍이 원하는 것은 우리 모두가 사이좋게 쭉 함께 지내는 것이다.

그렇다면, 이대로 그만두는 편이 낫다.

여자애와 데이트도 해본 적 없는 나에게 이런 건 아직 이르다는 생각이 들었다.

『아쿠아, 메구밍을 찾았느냐?』

문밖에서 다크니스의 목소리가 들려왔다.

나는 그 목소리를 들으며 몸을 일으키려다 문득 눈치챘다.

메구밍이 여전히 나에게 찰싹 붙어 있었다.

……어라.

밖에서 다른 애들이 너를 찾고 있는데 설마 이대로 계속할 생각이야?

"메, 메구밍. 아쿠아와 다크니스가……. 이, 이러고 있어도 괜찮겠어?"

나는 이불 밖으로 머리만 쏙 내민 채 은근슬쩍 그렇게 말했다.

하지만 메구밍은 아무 말 없이 계속 나에게 붙어 있었다.

『저기, 메구밍은 아마 혼자 있고 싶을 거예요. 저와 마찬가지로, 그 월버그라는 사람과 인연이 있었던 것 같거든요…….』

문밖에서 융융의 목소리가 들려왔다.

『그래……. 뭐, 여관 밖으로 나가지는 않겠지. 아쿠아, 우리는 먼저 자자꾸나.』

『흐음~. 4인용 보드게임을 하고 싶었는데…….』

문밖에서 들려오는 대화는 귓속으로 들어오지 않는다는 듯, 나와 메구밍은 이불 속에서 몸을 밀착시키고 있었다.

우리 둘 다 한 걸음 더 나아갈 용기는 없어서 서로의 등을 어루만지고만 있었다.

하지만 여기까지 온 이상, 나도 멈출 수는 없다.

동료와의 유대?

저택에서 다 같이 지내기 힘들어진다?

그딴 건 내가 알 바 아냐.

맞다. 키스 같은 걸 하기 전에 그 말을 해두지 않으면 좀 곤란하겠지?

메구밍은 나를 좋아한다고 말했잖아. 그러니 나도 달콤한 말을 해야지.

"메, 메구밍. 저기, 나를 좋아한다고 했지? 실은…… 나도 메구밍을 좋아하는 것 같아!"

이걸로 완료!

이제 갈 데까지 가버리면 된다.

내가 의기양양하게 진도를 빼려고 하자, 메구밍은—.

"……정말인가요? 그럼 저의 어디를 좋아하는데요?"

지금까지 계속 숙이고 있던 고개를 들고 약간의 기대가 어린 표정을 지으며 나를 올려다보았다.

여자 꼬시는 데 익숙하지 않은 동정이 쓸데없는 소리를 하니까 이런 상황에 처하는 거다.

"……으, 으음, 저기……. 폭렬마법이라든가……."

"난처할 때는 일단 폭렬마법을 언급하면 어떻게든 될 거라고 생각하는 거죠?"

메구밍은 내 말을 듣고 날카롭게 태클을 날렸다.

젠장, 익숙하지 않은 짓은 하지 말 걸 그랬다. 완전히 사고 쳤다.

나는 왜 이럴 때 분위기를 박살 내버리는 걸까.

평생 동정인 채로 사는 저주가 걸린 걸지도 모른다.

하지만 나한테 실망했나 싶었던 메구밍은 다시 내 가슴에 얼굴을 묻으며 웃음을 터뜨렸다.

"저는 카즈마의 이런 면을 좋아해요. 자신의 실력을 잘 알고 있고, 강적과 마주쳤을 때도 괜히 여성을 지키려고 하지 않으며, 아무렇지도 않게 다크니스의 뒤편에 숨죠. 그리고 악행을 저지를 배짱도 없는 데다, 정의의 사도 같은 것도 아니잖아요. 남이 보지 않는 데서는 때때로 나쁜 짓도 하지만, 기분이 좋을 때는 좋은 일도 하는, 선하지도 악하지도 않은 평범한 사람이라 정말 좋아해요."

……어. 나, 지금 칭찬 받고 있는 거야?

"빚이 있으면 열심히 일하지만, 주머니 사정에 여유가 생기자마자 일을 안 하죠. 그날그날의 기분에 따라 상냥하기도 하고 심술궂기도 해요. 동료를 아끼나 싶다가도, 아무렇지도 않게 동료를 교환하려고 하죠. 임기응변에 능하고 엄청 머리가 좋은 것 같다가도, 대체 왜 이런 짓을 하는 건가 싶을 정도로 바보스러울 때도 있어요……."

음, 칭찬하는 건 절대 아닌 것 같네.

메구밍은 점점 미묘한 표정을 짓는 나를 쳐다보며 웃음을 흘렸다.

"그리고 항상 불평을 늘어놓으면서도 결국은 남들을 도와주는, 실은 상냥하지만 솔직하지 못한 당신을 좋아해요. 중요한 순간에 광대 같아지는 지금 같은 면도 포함해서요. 그다지 멋지지 않고, 중요한 순간에 미덥지 않은 모습을 보이는, 그런 당신을 좋아해요."

메구밍은 웃음을 흘리며 그렇게 말하더니 자신의 손을 내 목덜미 뒤편으로 옮겼다.

창문을 통해 옅은 별빛이 들어오는 가운데, 메구밍은 눈을 감았다.

나는 별빛에 비친 그 얼굴에 자연스럽게 빨려 들어갈 것 같았다.

괜찮을까?

확 해버려도 괜찮은 걸까?

여기는 이세계다.

일본이라면 내 나이 또래의 인간은 아직 학생이지만, 평균 수명이 짧은 이 세상에서 우리는 이미 어엿한 어른이다.

나는 물론이고 메구밍 또한 결혼을 할 수 있는 나이였다.

책임은 질 거니 문제 될 건 없다.

내가 각오를 다지며 얼굴을 내민 순간—.

눈을 감은 메구밍의 눈가에서 눈물 한 방울이 흘러내렸다.

"······어, 어이. 너, 무리하는 거지? 진짜로 나를 좋아하는 거야? 그리고 괜히 무리할 필요 없어. 나는 신사니까 얼마든지 기다려줄 수 있다고! 애초에 나는 여러모로 여유가 넘치는 남자거든! 금전적으로도 그렇고, 경험적으로도 말이야!"

메구밍이 갑자기 눈물을 흘린 바람에 당황한 나는 그런 이상한 소리를 마구마구 늘어놓았다.

메구밍은 그런 내 반응을 보고서야 자신이 울고 있다는 사실을 눈치챈 것 같았다.

"아! 오, 오해하지 마세요! 이건······!"

메구밍은 허둥지둥 몸을 일으키더니 눈가의 눈물을 손가락으로 닦았다.

그 모습을 보고 머릿속이 냉정하진 나는―.

"······왜 이렇게 갑자기 내 방에 온 거야?"

그런 당연한 질문을 그제야 메구밍에게 던졌다.

11

나는 양손으로 팔베개를 한 채 드러누워서 천장을 올려다보았다.

"제가 코멧코만 할 때의 일이에요······."

그런 내 옆에는 자신의 두 손을 배 위에 얹은 채 천장을 보며 누운 메구밍이 독백을 하고 있었다.

"어느 날, 제가 홍마의 마을에 있는 사신의 무덤에 걸려 있던 봉인을 푼 게 이 모든 일의 계기였어요."

아직 어렸던 메구밍은 장난감을 가지고 놀듯 사신 월버그의 봉인을 풀었다고 한다.

그러자 느닷없이 거대한 칠흑색 마수가 모습을 드러냈다고 했다.

아직 힘이 봉인되지 않은 촘스케가 메구밍을 덮친 것이다.

그때, 폭렬마법을 써서 메구밍을 구해준 사람이 월버그라고 한다.

어릴 적에 처음으로 봤던 폭렬마법은 그야말로 강렬했다. 그리고 그 순간, 메구밍의 꿈은 결정된 것이다.

그 누님은 정말 쓸데없는 일을 벌인 것 같네.

이윽고 기나긴 세월이 흐른 후 메구밍은 폭렬마법을 습득했다.

마법을 익히고 어엿한 홍마족으로 인정받은 메구밍은 그때 자신을 구해줘서 고맙다는 말을 하기 위해⋯⋯.

그리고 그때 가르쳐준 폭렬마법을 습득했다는 것을 보고하기 위해 그 은인을 찾기로 결심하며 여행을 시작했다.

하지만—.

"저는 배은망덕한 애예요. 저를 구해준 은인을 제 손으로 죽이고 말았어요."

메구밍은 어둠 속에서 독백을 계속했다.

깊디깊은 자책에 사로잡힌 메구밍은 너무나도 약해 보였으며, 또한 금방이라도 사라질 것 같았다.

"……내가 원래 살던 나라에서는 은둔형 백수였다는 이야기를 전에 했었지?"

나는 불쑥 그렇게 말했고 메구밍은 나를 향해 고개를 돌렸다.

"예. 몇 번 들은 적 있어요. 그게……."

나는 메구밍의 말을 끊으며 말했다.

"배은망덕한 걸로 치면 나는 독보적인 수준이라고. 부모님이 비싼 학비를 내며 사립 고등학교에 보내줬는데, 학교에도 가지 않았거든. 처음에는 한 며칠 농땡이를 치기만 했어. 주말에 밤을 새서 게임을 했더니 월요일에 졸리면서 우울하지 뭐야. 그래서 부모님이 맞벌이라 집에 안 계신 걸 이용해 꾀병으로 학교를 결석했어."

나는 지금까지 아무에게도 말하지 않았던 찬란한 경력을 메구밍에게 이야기해주기로 했다.

"처음에는 하루만 쉴 생각이었어. 그러다보니 한 달에 한 번 정도 쉬게 되었고, 매주 월요일은 쉬게 되더니, 어느새 학교에 가지 않게 되었지."

지금 생각해보니 정말 심각한 이야기다.

중학교를 졸업하고 결심했던, 은둔형 외톨이에서 벗어나 겠다는 결의도 허무하게 무너졌다.

아침에는 학교에 가는 척을 한 다음, 부모님이 일을 하러 가고 나면 다시 집에 돌아갔다.

그리고 학교에 전화를 걸어서 대충 둘러댄 후 게임을 했다.

이윽고 학교에서 부모님에게 연락을 해서 그 사실이 발각 되었고, 무슨 말을 들어도 꿈쩍도 하지 않는 은둔형 외톨이 로 되돌아가는 데는 긴 시간이 걸리지 않았다.

"너는 자기를 배은망덕하다고 했지만, 처음에 월버그의 봉 인을 푼 사람도 너지? 그리고 월버그의 반쪽이 너를 덮쳤 고, 그녀에게 도움을 받은 다음 마법을 배운 거잖아. 그런 건 자작극 사기라고 하는 거야. 내가 아는 양아치 모험가가 흔히 쓰는 수법이지."

어리둥절한 표정을 지은 메구밍에게 나는 계속 말했다.

"봉인을 풀어준 은인인 너에게 느닷없이 달려드는 자신의 반쪽을 저지한다. 그건 당연한 일이니까 고마워할 필요 없 어. ……네가 그런 일로 고민하면, 나는 내 부모님을 어떤 얼굴로 보냐고."

뭐, 이제 영영 부모님과 만날 수 없지만 말이야.

"그러니까……. 저기 뭐야. 배은망덕 레벨로 본다면 나와 어깨를 나란히 할 수 있는 사람은 없어. 그러니까, 딱히 고 민할 필요도 없는 네가 이렇게 자책을 하면, 나는 완전 망할 놈이 되는 거잖아. 아무튼, 그러니까······."

나 스스로도 이해가 안 되는 소리를 내가 늘어놓자 메구밍은 갑자기 웃음을 터뜨렸다.

내 가슴에 얼굴을 묻은 메구밍은 잠시 동안 어깨를 부들부들 떨면서 웃음을 참았다.

"······너, 대체 뭐야? 나는 나름대로 너를 위로해주고 있는데, 정말 이럴 거야? 사람이 부끄러운 과거까지 털어놓았는데. 너는 정말 배은망덕한 애구나!"

"죄송해요. 카즈마를 바보 취급하는 건 아니에요. 그저 이런 자식을 둔 부모님이 왠지 안됐다는 생각이 들면서, 진지한 표정으로 이런 이상한 소리를 해대는 카즈마가 웃겨서 그만······."

이 녀석!

"익숙하지도 않은 짓을 해서 미안하다고! 네가 지금 비극의 히로인인 척하고 있지만, 가장 불쌍한 사람은 바로 나야. 마음에 상처를 입은 네가 자포자기한 심정으로 이 방에 온 상황에서 내 기분이 어떨지 생각해보라고."

내가 퉁명한 어조로 불평을 늘어놓자, 메구밍은 어깨를 부들부들 떨면서 눈물을 닦더니 이렇게 말했다.

"그럼 아까 하려다 만 걸 계속할까요?"

"아아아, 안 해~! 세간에서는 나를 카레기니, 카오물이라고 부르지만, 나는 남이 입은 마음의 상처를 이용해 자기

욕심이나 채우는 쓰레기가 아니라고!"

나는 그렇게 외쳤고 메구밍은 평소 같은 표정을 지으며 웃음을 흘렸다.

"그런가요. 그거 아쉽네요."

전혀 아쉽지 않다는 투로 그렇게 말한 메구밍의 눈이 어둠 속에서 붉게 빛났다.

"……뭐, 네가 죄책감에서 벗어나 순수하게 나와 그런 짓이 하고 싶어진다면, 나도 거절할 이유는 없지만 말이야."

어쩌면 엄청 아까운 짓을 한 걸지도 모른다고 생각한 내가 그렇게 말하자, 메구밍은 어깨를 부들부들 떨며 입을 열었다.

"그런가요. 그럼 그럴 때가 온다면 또 카즈마의 방에 놀러 갈게요."

메구밍은 그렇게 말한 후 마음이 가벼워진 것처럼 미소를 지었다.

─「덕분에 마음이 개운해졌어요」라고 말한 메구밍이 내 방에서 나간 후…….

마음이 개운해지는 것은 고사하고 활활 타오르기 시작한 나는 이불 속에서 데굴데굴 굴러다녔다.

"아아아아아아아아아아아! 아까운 짓을 한 걸로 모자라, 엄청 부끄러운 소리를 했어! 우와아아아아아아아앗!"

12

나는 잠이 오지 않아서 뜨거워진 머리를 식히러 갔다.

욕실에 가서 차가운 물로 샤워라도 하자.

솔직하게 말해 엄청 후회가 되지만 한때의 감정에 휩쓸리지 않아서 다행이라고 생각한다.

그리고 보니 나는 이제 메구밍과 사귀는 거라고 봐도 될까.

나도 메구밍에게 좋아한다는 소리를 했으니까 말이다.

그리고 사귀는 것도 괜찮을 것 같다는 생각이 드는 걸 보면, 나는 내가 생각하는 것 이상으로 메구밍에게 호의를 가지고 있는 것 같았다.

……어, 그럼 나는 오늘부로 애인이 생긴 거야?

어이 어이, 진짜로 리얼충이 되는 거냐고!

"아냐, 진정해. 메구밍은 어제부터 좀 이상했잖아. 내일 메구밍이 어떤 태도를 취하는지 보고 결론을 내리자고."

탈의실에 도착한 나는 스스로를 진정시키기 위해 그렇게 중얼거린 후―.

"……너, 뭐 하고 있는 거야?"

"냐옹~."

어느새 나를 따라왔는지 내 발치에 있는 춈스케에게 무

심코 말을 걸었다.

아까는 분위기를 읽은 것처럼 얌전히 있더니 지금은 대체 무슨 바람이 분 걸까.

뭐, 이 녀석은 목욕을 싫어하니까, 욕실에는—.

"……이 안은 네가 싫어하는 욕실이라고. 따라 들어올 거야?"

나는 주저 없이 따라 들어오는 촘스케를 뚫어져라 쳐다보면서 의자에 걸터앉고 수도꼭지를 돌렸다.

그리고 차가운 물로 샤워를 하면서 앞으로 어떻게 할지 생각했다.

일단 내일부터는 평소와 다름없는 태도를 취하자.

만약 메구밍이 적극적으로 스킨십을 한다면 그녀도 오케이인 걸로 판단하자.

내가 생각하기에도 정말 얼간이 같지만 이게 최선의 타협안이다.

한동안 샤워를 계속하느라 머릿속이 좀 식으면서 추워져서 나는 욕조에 들어갔다.

목욕을 하고 후딱 잠이나—.

"……너, 들어오고 싶어?"

"냐옹~."

촘스케는 욕조 가장자리에 다리를 걸친 채 안에 들어가고 싶어 했다. 나는 촘스케가 평소와 달라 좀 미심쩍었지만, 그래도 세숫대야에 온수를 받아줬다.

"욕조 안은 깊어서 위험하니까, 여기에 들어가."

내가 그렇게 말하고 세숫대야를 바닥에 두자, 촘스케는 물 온도를 확인하듯 발을 집어넣어 보더니 이윽고 그 안에 들어가서 몸을 동그랗게 말았다.

……이 고양이는 대체 뭘까.

뭐, 정확하게는 고양이가 아니지만 말이다.

왜 갑자기 목욕을 좋아하게 된 건지는 모르겠지만 청결을 유지하려고 하는 건 좋은 일이다.

나는 그런 촘스케가 왠지 그 누님 같다고 생각하며 문득 이렇게 말했다.

"월버그 씨, 물 온도는 좀 어때요?"

월버그라는 말을 내가 입에 담은 순간, 촘스케의 한쪽 귀가 쫑긋 섰다.

…………

우연인가?

아니면 드디어 촘스케가 인간으로 변신하는 건가?

이 녀석을 계속 키우다 보면 그 누님으로 변신하는 것 아닐까?

"……에이, 말도 안 돼."

나는 어깨까지 물에 담근 채 기분 좋은 듯 눈을 가늘게 뜬 촘스케를 바라보다가 문득 어떤 사실을 깨달았다.

"……어? 너 조금 큰 것 같네? 지금까지는 눈곱만큼도 성장하지 않았는데 말이야."

에필로그1 —그 사람을 위해—

사고 쳤다.

오랫동안 찾아다녔던 그 사람과 그런 형태로 작별한 바람에 충격을 받았다고 해도, 그런 당치도 않은 짓을 저지르고 말다니······.

오늘부터 그의 앞에서 어떤 표정을 지으면 좋을까?

그런데 그도 나를 좋아한다고 했으니, 이제 우리는 연인 사이인 걸까?

그렇다면 말투, 아니, 태도도 바꾸는 편이—.

"하암~. 좋은 아침~!"

나를 고민에 잠기게 만든 원흉이 하품을 하면서 느릿느릿 모습을 드러냈다.

엉망이 된 머리카락을 빗지도 않으며 돌아갈 준비를 하고 있던 카즈마가 입을 열었다.

"융융, 텔레포트로 돌아가자."

······원래라면 요새에서 액셀 마을로 단숨에 돌아갈 수 있지만, 기왕 먼 곳까지 왔으니 돌아가는 길에 온천에 들러서 좀 쉬었다 가자고 말한 사람은 바로 카즈마다.

"저는 그래도 괜찮지만, 왜 갑자기 마음이 바뀐 건가요?"

융융이 그렇게 물었고 카즈마는 갑자기 허둥댔다.

"따따, 딱히 이유는 없어. 왠지 액셀 마을이 갑자기 그리 워졌거든."

마음에도 없는 소리를 하는 카즈마를 향해ㅡ.

"그래. 나도 빨리 돌아가서 젤 킹을 보고 싶어! 그럼 오늘 은 후딱 돌아가서 사신 토벌 수고했습니다 파티라도 열자!"

아마 이유 같은 건 아무래도 상관없고 그저 다 같이 시끌 벅적하게 놀고 싶을 뿐일 아쿠아가 그렇게 말했다.

"그래. 이번 일은 자랑스럽게 여겨도 된다. 예전처럼 우연 히 마주친 마왕군 간부를 쓰러뜨린 게 아니라, 우리가 직접 토벌을 하러 나서서 해치웠으니까 말이다."

이번 원정 도중에 갑옷이 박살 난 다크니스가 그렇게 말 하며 자랑하듯 가슴을 폈다.

그러나ㅡ.

"하지만 너는 이번에 전혀 도움이 되지 않았잖아."

"윽."

카즈마가 태클을 날리자 다크니스는 바로 울상을 지었다.

"저기, 융융. 융융도 우리 집에서 자고 갈 거지? 뭐, 싫다 고 해도 돌려보내지 않을 거지만."

"예?! 저, 저, 저 말인가요? 으음, 저기……. 참가해도 된 다면, 기쁜 마음으로……!"

오늘 밤에 파티를 하자는 분위기가 형성되고 있을 때, 카즈마가 말했다.

"아, 나는 오늘 외박할 거야."

아쿠아라면 몰라도 카즈마가 왜 이렇게 눈치 없는 소리를 하는 걸까.

"외박을 하겠다고? 대체 어디서 묵으려는 것이냐. 그러고 보니 너는 때때로 혼자서 어딘가에 놀러 가던데, 대체 뭘 하는 것이냐?"

"뭐?! 그그그, 그게 말이야. 남자들끼리 우정을 다진다고 나 할까?"

카즈마는 갑자기 허둥댔고 홍마족의 감이 반응을 보였다.

"남자들끼리 우정을 다지는 건가요. 그럼 그 사람들도 부르는 게 어때요? 기왕 파티를 할 거면 사람들을 모아서 왁자지껄하게 벌이면 좋겠죠."

"뭐?!"

카즈마는 이 세상의 종말을 맞이한 듯한 표정을 지었고 나는 자신의 감이 정확했다는 확신을 가졌다.

어디서 뭘 하려는 건지는 모르겠지만 어차피 어이없는 용건일 게 틀림없다.

나는 고개를 푹 숙인 카즈마에게 다가가서 그의 어깨를

두드려줬다.

"너무 상심하지 마세요. 카즈마는 이번에 최선을 다했으니까, 오늘은 저희가 술을 따라줄게요."

"너, 내가 왜 외박을 하려는 건지 알고 있는 거지?"

카즈마는 원망 섞인 눈길로 쳐다봤지만 나는 그가 무슨 소리를 하는 건지 짐작조차 되지 않았다.

"그걸 제가 어떻게 알아요. 대체 오늘 밤에는 어디에 갈 생각이었던 건데요?"

"카페에 가려던 것뿐이야. 밤에도 영업하는 카페가 있거든."

밤에도 영업하는 카페?

액셀 마을에 그런 가게는 딱 하나뿐이다.

그러고 보니 그 가게의 점원들은 하나같이 젊고 매력적인 여성인데―

"……이 남자는 신경이 정말 굵다니까요. 어제 그런 일이 있었으면서……."

"응? 메구밍, 왜 그래? 눈이 빨갛잖아. 혹시 어젯밤의 일이라도 생각난 거야?"

이 남자는 정말!

……뭐, 서로에게 좋아한다는 말을 하기는 했지만 저희가 연인 사이가 됐다는 확신은 없죠.

그러니 아직은 화낼 자격이 없을지도 몰라요.

"……그 가게는 색기 넘치는 언니들이 잔뜩 있잖아요. 뭐예요. 카즈마의 취향은 그런 여자인가요?"

"뭐야. 너, 그 가게를 아는 거야? 그런데 취향은 또 무슨 소리지?"

카즈마는 그런 식으로 시치미를 뗐다.

"……일단 카즈마의 취향을 물어봐도 될까요?"

"취향? 으음, 딱히 생각해본 적은 없는데……. 굳이 따지 자면 장발 스트레이트에 가슴이 크고, 내 어리광을 받아주 는 사람이야."

카즈마가 그런 소리를 태연하게 하자, 나는 왜 이런 남자 를 좋아하게 된 것인지 진지하게 고민했다.

보통 이런 질문을 받으면 내 특징을 언급해줘야 한다고 생각하는데 말이다.

"뭐야. 왜 그래? 한숨을 내쉬면 운 스테이터스가 내려간다 더라고."

이러니까 항상 이성에게 인기가 없다는 생각이 들지 만…… 뭐, 좋다.

이런 괴짜를 좋아하게 되는 사람은 나 한 명으로 족하다.

"여러분, 텔레포트 준비가 다 됐어요."

융융이 그렇게 말했고 돌아갈 준비를 끝낸 우리는 그녀의 곁으로 모였다.

"좋아. 상금을 얼마나 받을지는 모르겠지만, 이번에 들어올 상금으로 한동안 외박이나 실컷 할까!"

외박을 하면서 뭘 하려는 건지는 모르겠지만 어이없는 짓이나 할 게 틀림없다.

나는 그런 생각을 하면서—.

"『텔레포트』!"

—머리카락을 기르기로 결심했다.

에필로그2 —친애하는 오라버니께—

　그것은 액셀 마을로 돌아오고 일주일쯤 지났을 때 일어났다.

　내가 거실 바닥에 춈스케의 먹이가 담긴 접시를 내려두고 있을 때 메구밍이 말했다.

　"……카즈마, 춈스케에게 먹이를 너무 많이 주는 거 아닌가요? 춈스케의 어리광을 너무 받아주지는 말라고요."

　"하지만 이 녀석은 먹성이 좋다고. 잔뜩 먹고 빨리 크렴."

　그리고 다시 그 누님으로 변할 수 있게 되면 또 사이좋게 지내고 싶다.

　그리고 그녀에게 폭렬마법을 날린 메구밍을 용서해줬으면 한다.

　"……어디서 온 건지는 모르겠지만, 카즈마에게 편지가 왔어요."

　나한테 편지가 왔다고?

　"드래곤의 알이 입하됐다는 편지일 거야. 내가 젤 킹을 산 다음부터, 내 앞으로 그런 편지가 매일같이 오거든."

　사기 피해를 당한 집에는 동종 사기업자가 몰려든다고 한다.

　"너한테 편지가 왔다는 것만으로도 불길한 예감만 잔뜩

드는구나. 어디 내가 좀 보자."

"이거예요. ……그런데 이 봉투가 왠지 눈에 익네요."

메구밍은 그렇게 말하면서 나한테 온 편지를 다크니스에 게 건넸—.

다크니스는 그 편지를 보더니 확 낚아채서 자신의 가슴 사이에 집어넣었다.

"……어이, 남한테 온 편지에 무슨 짓을 하는 거야?"

"……아쿠아의 말대로 드래곤의 알이 입하됐다는 편지였 다."

"거 봐! 잘됐네, 카즈마. 나한테 온 편지에는 「이 편지는 드래곤을 소유할 자격이 있는 모험가에게만 보내집니다」라 고 적혀 있어."

아쿠아의 헛소리를 일단 무시한 나는 내 시선을 피하며 편지를 숨기는 다크니스를 향해 말했다.

"어이, 편지 내놔."

"싫다."

다크니스는 단호한 어조로 그렇게 말하고 뱃속에 든 아이를 지키려는 것처럼 편지를 꼭 안은 채 몸을 동그랗게 말았다.

그런 다크니스를 본 순간, 나는 그 편지를 보낸 사람이 누 구인지 눈치챘다.

다크니스는 전에 비슷한 행동을 취한 적이 있었던 것이다.

"아이리스구나! 그 편지, 아이리스가 보낸 거지?!"

"어떻게 안 것이냐?! 아, 아니다. 이건 말이다—!"

나는 시치미를 떼는 다크니스의 가슴에 주저 없이 손을 집어넣었다.

"아아아아앗?!"

"내 말이 맞잖아! 역시 아이리스한테서 온 편지네!"

다크니스는 편지를 빼앗기고 앞섶을 여미며 몸을 웅크렸다.

거기에 넣으면 편지를 빼앗기지 않을 거라고 생각하다니 나를 얕보는 것 같군.

나는 이제 체면 같은 건 차리지 않는 남자로 다시 태어났단 말이다.

다크니스에게서 편지를 탈환한 나는 만족스러운 표정을 지으며 그 편지를 보았다.

왕가의 문양이 그려진 봉투를 뜯고 편지를 꺼내보니—.

『오라버니께. 최근에 왕도 인근의 요새에서 또 활약하셨다는 이야기는 들었습니다. 오라버니께서는 여전하신 것 같아서, 걱정이 됩니다.』

첫 문장만으로도 내 얼굴에 미소를 어리게 한 그 편지는—.

『이제 이 나라에서 가장 고명한 모험가 중 한 명이기도 한 오라버니에게 의뢰를 드려도 될까요.』

마지막에 적혀 있는 한 문장 때문에—.

『실은 제 약혼자이기도 한 옆 나라의 왕자와 가까운 시일 내에 처음 만나기로 했습니다. 부디 그를 만나러 가는 저를 호위해주셨으면—.』

　내 손에 의해 두 조각으로 찢겨지고 말았다.

■작가 후기

만세에에에에에엣! 애니메이션 2기이이이이이이이이잇!

한밤중에 너무 기뻐하다 이웃들에게 한소리 들은 아카츠키 나츠메입니다.

9권을 구매해주셔서 감사합니다.

위에서 말했다시피 『이 멋진 세계에 축복을!』 애니메이션 2기 제작이 결정됐습니다.

이건 응원해주신 독자 여러분, 그리고 우수한 스태프 여러분 덕분입니다.

감사합니다! 감사합니다!

그리고 기쁜 일은 애니메이션 2기 제작 결정만이 아닙니다. 실은 『이 멋진 세계에 폭염을!』이 월간 코믹 얼라이브에서 코미컬라이즈가 됩니다.

만화를 그리시는 분은 모리노 카스미 선생님!

드래곤에이지에서 연재되는 본편을 비롯해, 이쪽도 기대해주십시오.

텔레비전 애니메이션의 영향인지 요즘 들어 팬레터도 늘었으며, 팬레터가 들어 있는 상자에 매일같이 감사 기도를 드리는 시간도 쭉쭉 늘어나고 있습니다.

그런 짓할 시간에 한 줄이라도 더 집필하라는 말을 들을 것 같습니다만 이것도 멋진 이야기 소재를 제 머릿속에 강림하게 해주는 중요한 의식이기에, 불평을 듣는 한이 있더라도 앞으로 계속할 생각입니다.

이번 권에서는 메구밍이 엄청 메구밍했습니다만 앞으로는 러브러브를 좀 줄일까 싶습니다.

카즈마를 차도남으로 만들고 싶어서가 아니라, 그저 작가의 실력이 미천하기 때문입니다.

제가 자신 없어 하는 요소에도 도전하며 앞으로도 독자 여러분을 웃길 수 있도록 정진하겠습니다.

이번 권도 미시마 쿠로네 선생님, 담당 편집자이신 S씨, 그리고 많은 관계자 여러분 덕분에 무사히 출간될 수 있었습니다. 감사합니다.

이 책을 읽어주신 모든 독자 여러분에게, 진심으로 감사드립니다!

아카츠키 나츠메

─후 기─

9권을 구매해주셔서 감사합니다!
이번 권은 정말 메구밍에게 홀딱 반하게 되는
편이었군요……!
카즈마 씨가 부럽기는 하지만……?!
응원해주신 많은 분들 덕분에 애니메이션 제2기
제작이 결정되었으며, 메구밍의 스핀오프
코미컬라이즈도 시작됐습니다!
앞으로도 이멋세!의 세계가 계속될 거라고 생각하니
가슴이 뜁니다~!

미시마 쿠로네

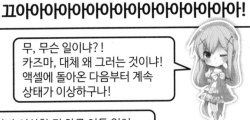
끄아아아아아아아아아아아아아아아아아아!

무, 무슨 일이냐?!
카즈마, 대체 왜 그러는 것이냐!
액셀에 돌아온 다음부터 계속
상태가 이상하구나!

카즈마가 이상한 건 하루 이틀 일이
아니지만 이번에는 특히 심각하네.
머리에 회복마법이라도 걸어줄까?

......

아아아아아아아아아! 후아아아아아아아아아!
우햐아아아아아아아아아아!

......저기, 아쿠아. 카즈마를 좀 쉬게 해주자.
이번에도 마왕군 간부를 쓰러뜨렸지 않느냐.
슬슬 용사라고 불려도 이상하지 않을 정도의 활약이지!

아무래도 상태가 꽤 심각한 것 같네.
좀 쉬게 해준다고 낫기는 할까?

......카, 카즈마. 저기, 그날 밤의 일을 신경 쓸 필요는 없어요.
뭐, 이런저런 일이 있기는 했지만 당신이 느닷없이 이런 반응을
보이니, 저도 부끄럽다고 할까요.......

그딴 사소한 일은 애초부터 신경도 안 쓴다고! 이 편지의 내용에 따르면!
내 소중한 여동생을, 어디서 굴러먹던 말 뼈다귀인지도 모르는 놈에게
빼앗길 것 같단 말이다! 이 상황에서 내가 어떻게 가만히 있냐고오오오!!

이 남자는 정말!!!!

이멋진
세계에 축복을!10

COMING
SOON!!

■ 역자 후기

　안녕하십니까. 근로청년 번역가 이승원입니다.

　『이 멋진 세계에 축복을!』 9권을 구매해주셔서 진심으로 감사드립니다.

　2017년, 새해가 밝았습니다!

　독자 여러분, 새해 복 많이 받으십시오!

　2017년 첫 번역 작품이 『이 멋진 세계에 축복을!』이라는 사실을 이렇게 받아들여야 할지 모르겠습니다.^^

　그러고 보니 곧 이멋세 2기 애니메이션도 방영을 시작하겠군요. 1기만큼 재미있기를 진심으로 고대하고 있습니다.

　……독자 여러분에게 이실직고를 하자면, 1기 때는 애니메이션 제작사를 알고 걱정했습니다만, 1화 마지막 5분을 보면서 저 또한 배꼽을 잡고 바닥을 데굴데굴 굴러다녔습니다.

　애니메이션의 재미와 작화가 반드시 정비례 하는 건 아니라는 사실을 다시 한 번 깨닫게 해준 작품이었죠.

　곧 시작될, 그리고 이 책이 발간되었을 때는 이미 방영이 되고 있을 『이 멋진 세계에 축복을!』 2기 애니메이션도 열심히 보겠습니다!

그럼 본편에 관한 이야기를 해볼까 합니다.

스포일러가 포함되어 있을 수도 있으니 본편을 읽지 않으신 분들은 유의해주시길!

이번 9권은 부제인 『붉은 숙명』과 표지를 봐도 예상이 되시겠지만, 메구밍을 중심으로 이야기가 전개됩니다.

메구밍에게 폭렬마법을 가르쳐준 만악의 근원(?)께서 드디어 등장하시죠.

후기에서 언급하고 싶었던 부분이 꽤 있습니다만…… 폭렬마법의 임팩트(?)가 너무 큰 나머지 머릿속에서 전부 지워져 버렸습니다.

크으, 폭렬마법은 정말 엄청나군요. 수적 우세 따위는 단숨에 뒤집어버리는 압도적인 화력은 그야말로 무시무시합니다. 그리고 텔레포트 마법과 콤비네이션을 이루니 사기가 되어버렸습니다. 폭렬마법 작렬 후, 바로 텔레포트로 도주! 그리고 다음 날 또 폭렬마법! 정말 메구밍과 융융이 손을 잡는다면 이 세상에 무서울 게 없겠군요. 그리고 거기에 카즈마의 잔머리가 더해지면……. 슬슬 마왕군이 불쌍해지기 시작했습니다.^^

엉터리 마법이라 불리던 폭렬마법의 진가(?)가 드러날 뿐만 아니라, 폭렬 vs 폭렬도 볼 수 있는 이 9권을 독자 여러분께서 재미있게 읽으셨기를 진심으로 바랍니다!

그럼 이만 줄이겠습니다.

이 작품을 저에게 맡겨주신 L노벨 편집부 여러분. 2017년도 잘 부탁드립니다. 올해도 최선을 다하겠습니다!

닭갈비 무한 리필집에 같이 간 악우들이여. 여기 닭갈비가 맛있다는 건 인정하거든? 그런데 왜 우동사리를 시키면 안 되는데? 사리 들어갈 위장이 있으면 거기에도 닭갈비를 넣으라는 거냐.ㅠㅠ

마지막으로 언제나 제게 버팀목이 되어주시는 어머니와 『이 멋진 세계에 축복을!』을 읽어주신 모든 분들에게 진심으로 감사드립니다.

여동생(?)을 위해 헌신(?)하는 이 시대의 오라버니(?)를 볼 수 있는 10권 역자 후기 코너에서 다시 뵙겠습니다!

2017년 1월 초
역자 이승원 올림

이 멋진 세계에 축복을! 9
붉은 숙명

1판 1쇄 발행 2017년 2월 10일
1판 13쇄 발행 2022년 1월 10일

지은이_ Natsume Akatsuki
일러스트_ Kurone Mishima
옮긴이_ 이승원

발행인_ 신현호
편집장_ 김승신
편집진행_ 권세라 · 최혁수 · 김경민 · 최정민
편집디자인_ 양우연
관리 · 영업_ 김민원

펴낸곳_ (주)디앤씨미디어
등록_ 2002년 4월 25일 제20-260호
주소_ 서울시 구로구 디지털로 26길 111 JnK디지털타워 503호
전화_ 02-333-2513(대표)
팩시밀리_ 02-333-2514
이메일_ lnovellove@naver.com
ㄴ노벨 공식 카페 http://cafe.naver.com/lnovel11

KONO SUBARASHII SEKAI NI SHUKUFUKU WO! Volume 9 KURENAI NO SHUKUMEI
ⓒ2016 Natsume Akatsuki, Kurone Mishima
First published in Japan in 2016 by KADOKAWA CORPORATION, Tokyo.
Korean translation rights arranged with KADOKAWA CORPORATION.

ISBN 979-11-278-4034-1 04830
ISBN 978-89-267-9978-9 (세트)

값 6,800원

© 2016 by Ryo Shirakome
Illustration Takaya-ki

흔해빠진 직업으로 세계최강 1~3권

시라코메 료 지음 | 타카야Ki 일러스트 | 김덕진 옮김

『왕따』를 당하던 나구모 하지메는 같은 반 아이들과 함께 이세계로 소환된다.
차례차례 사기적인 전투 능력을 발현하는 반 아이들과는 달리
연성사라는 평범한 능력을 손에 넣은 하지메.
이세계에서도 최약인 그는 어떤 반 아이의 악의 탓에
미궁의 나라로 떨어지고 마는데―?!
탈출 방법을 찾을 수 없는 절망의 늪에서
연성사로 최강에 이르는 길을 발견한 하지메는
흡혈귀 유에와 운명적인 만남을 이루고―.
"내가 유에를, 유에가 나를 지킨다. 그럼 최강이야. 전부 쓰러뜨리고 세계를 뛰어넘자."

나락으로 떨어진 소년과 가장 깊은 곳에 잠들었던 흡혈귀가 펼치는
『최강』 이세계 판타지 개막!

라이트노벨의 새로운 빛! L노벨의 신간은 매월 10일에 발매됩니다. http://cafe.naver.com/lnovel11

살육의 천사 UNTIL DEATH DO THEM PART

원작 사나다 마코토 | 저자 키나 치렌 | 일러스트 negiyan | 옮긴이 송재희

빌딩 최하층에서 깨어난 13세 소녀 레이.
그녀는 기억을 잃어 자신이 어째서 여기 있는지조차 알지 못했다.
그때 나타난 것은 붕대를 감은 살인귀 잭.
"부탁이 있어, 부탁이야. 나를 죽여 줘."
"같이 여기서 나가게 도와주라고. 그럼 너를 죽여줄게."
두 사람의 기묘한 유대는 그런 「비정상적인 약속」을 계기로 깊어져 간다.
과연 이곳은 어디인가. 두 사람은 어떤 목적으로 갇히게 되었는가.
그들을 기다리는 운명이란—.
밀폐된 빌딩에서 탈출하기 위한 목숨을 건 여정이 시작된다……!

『안개비가 내리는 숲』의 사나다 마코토 신작!
대인기 호러게임『살육의 천사』대망의 소설화!

NOVEL

© 2015 by TATEMATSURI
Illustration Ruria Miyuki

신화 전설이 된 영웅의 이세계담 1권

타테마츠리 지음 | 미유키 루리아 일러스트 | 송재희 옮김

오구로 히로는 일찍이 알레테이아라는 이세계로 소환되어
《군신》으로서 동료와 함께 나라를 구하고,
주변 나라들을 정복하여 거대한 제국을 건설했다.
그 후, 히로는 모든 것을 버리기로 각오하고
기억을 잃는 대가로 원래 세계로 귀환한다.
그 후, 매일 행복한 날을 보내던 히로는
무슨 운명인지 또다시 이세계로 소환되고 만다.
그곳은 바로— 1000년 후의 알레테이아?!

자신이 이룩한 영광이 『신화』가 된 세계에서
『쌍흑의 영웅왕』이라 불렸던 소년의 새로운 『신화전설』이 막을 올린다!

라이트노벨의 새로운 빛! 노벨의 신간은 매월 10일에 발매됩니다. http://cafe.naver.com/lnovel11

Copyright ⓒ 2015 Kumanano
Illustrations copyright ⓒ 2015 029
SHUFU-TO-SEIKATSU SHA LTD.

곰 곰 곰 베어 1~2권

쿠마나노 지음 | 029 일러스트 | 김보라 옮김

게임이 현실보다 재밌습니까?—YES
현실 세계에 소중한 사람이 있습니까?—NO

……온라인 게임 설문 조사에 대답했을 뿐인데
말도 안 되는 이세계(아마도)로 내던져진 나, 유나.
은톨이 경력 3년의 폐인 게이머.
맨 처음 장착하게 된 장비템이 『곰 세트』라니……
이게 무어야—!?
하지만 세고 편하니까 뭐, 괜찮으려나?
올프를 쓰러뜨리고, 고블린을 쓰러뜨리고
극강 곰 모험가로서 일단 해볼까요.

은둔형 외톨이 소녀, 이세계에서 무적의 곰 모험가가 된다!

라이트노벨의 새로운 빛! L노벨의 신간은 매월 10일에 발매됩니다. http://cafe.naver.com/lnovel11

금색의 문자술사 1~4권

토모토 스이 지음 | 스마키 슝고 일러스트 | 김장준 옮김

식사와 독서를 사랑하는 『아웃사이더』 고등학생 오카무라 히이로는
같은 반의 리얼충 네 명과 함께 이세계로 소환됐다.
《용사》가 되어 인간국 빅토리어스를 구해달라는 왕녀의 부탁에 들뜨는 리얼충들,
그런 와중 밝혀진 히이로의 칭호는— 《말려든 자》?!
원래 세계로 돌아갈 방법은 없다. 용사들과 장단을 맞출 생각도 없다.
하지만 기왕 하게 된 이세계 라이프.
적은 문자의 이미지를 발현하는 히이로만의 능력 《문자마법》을 사용해
미지의 요리와 책을 찾아 홀로 모험에 나선다!
이세계에서도 고고한 『아웃사이더』 노선을 관철하는 히이로는 아직 모른다.
이윽고 히어로라고 불리게 될 자신의 미래를⋯⋯.

소설가가 되자 사이트에서
조회수 2억 6천만을 돌파한 초인기 대작

라이트노벨의 새로운 빛! L노벨의 신간은 매월 10일에 발매됩니다. http://cafe.naver.com/lnovel11

레전드 1~3권

칸나즈키 코우 지음 | 유우나기 일러스트 | 김장준 옮김

고등학교 2학년 여름 방학, 사에키 레이지는 사고로 목숨을 잃는다.
정신이 든 그의 앞에 나타난 것은 이세계 대마술사 제파일이었다.
"그대에게는 숨겨진 마력이 있다네.
그 재능으로 나의 일문이 만들어 낸 『마수술』을 계승해주게."
부탁을 승낙한 레이지— 레이는 이세계 엘진에서 제2의 인생을 걷는다.
새로운 육체와 더없이 강력한 매직 아이템 그리고 파트너인 마수 세트와 함께……
이것은 이세계에 새로운 「전설」을 새길 소년의 이야기.

『마수』를 파트너 삼아 소년이 새기는 전설이 지금 시작된다!

©Takumi Minami, Koin 2015 / KADOKAWA CORPORATION

덜떨어진 마수연마사 1~3권

미나미 타쿠미 지음 | 코인 일러스트 | 이경인 옮김

자신이 받은 몬스터의 문장에 따라 우열이 정해지는 세계.
몬스터를 거느리며 싸우는 『마수연마사』를 육성하는 학원.
『베기움』에 다니는 레인은 학원 유일의 슬라임 트레이너.
주변의 조소도 아랑곳하지 않고, 파트너인 펨펨을 믿으며
누구보다도 노력을 거듭하고 있었다.
그런 레인에게 집요하게 달라붙는
학년 3위의 미소녀 드래곤 트레이너 에르니아.
문장과 미모를 겸비한 완벽한 그녀가
밑바닥에 있는 레인에게 집착하는 이유는
과거의 인연이 원인인 모양인데……?!
"그 분통함은 잊을 수가 없다!
억에 하나라도 네놈이 나를 이긴다면 기꺼이 연인이든 뭐든 되어주지!!"

최약이건 최강이건 상관없다!
승리를 향한 집념이 정해진 운명에 역전극을 불러온다!

라이트노벨의 새로운 빛! L노벨의 신간은 매월 10일에 발매됩니다. http://cafe.naver.com/lnovel11

©2015 Yo Mitsuoka
Illustration:Cosmic

용사님의 스승님 1~5권

미츠오카 요 지음 | 코즈믹 일러스트 | 김보미 옮김

저주받은 마법 실력에도 불구하고
기사를 꿈꾸며 하루하루 수련에 임하는 【만년 기사 후보생】 소년 원.
어느 날, 그의 앞에 나타난 이는 마왕 토벌에서 승리하고 돌아온
소꿉친구 【미소녀 용사】 레티시아.
제국의 영웅인 그녀가 외친 한마디가,
만년 기사 후보생 원의 인생을 송두리째 바꿔놓는다―.
"그가 바로 용사의 스승, 원 버드다."

**주고받은 약속, 이어지는 인연
두 개의 칼날이 겹치는 순간― 새로운 전설이 시작된다!**